휴, 하마터면
결혼할 뻔했잖아!

조현경 에세이

휴, 하마터면 결혼할 뻔했잖아!

조현경 지음 | 김재인 그림

시크릿하우스

앤지 조 angie joe

치킨과 맥주를 좋아하는 엽기발랄 귀염둥이 아가씨.

맥주 500cc 정도야 물보다 빨리 마시기 가능하다.

맛있는 음식을 먹을 때 식전의식으로 사진 찍기를 즐긴다.

귀엽고 아기자기한 것을 보면 신나서 어쩔 줄 모른다.

다정하고 친절해서 많은 사람들이 그녀를 좋아한다.

하지만 불의를 보면 터프하고 강인한 모습이 불쑥 나온다.

귀여워 보인다고 무시하면 그녀의 '버럭!'에 놀랄 것이다.

다양한 사람 만나기와 경험하기를 좋아하다 보니 신기한 에피소드가 많다.

가끔 '내 인생은 장르로 치면 시트콤 아닐까?'하는 생각이 들 때도 있다.

하지만 시트콤이면 어때? 앤지 조는 오늘도 즐겁게, 열심히 산다.

 . . . 휴, 하마터면 결혼할 뻔했잖아!

오늘은 어땠나요?
나의 파란만장한 하루처럼 당신도 그랬나요?

'앤지 조(angie joe)' 캐릭터가 탄생했다. 내가 SNS에 올렸던 크고 작은 에피소드들을 보고, 김재인 작가는 짧은 플래시 애니메이션으로 앤지 조 이야기를 그려낸 것이다. 회를 거듭할수록 앤지 조는 더 귀엽고 사랑스러운 캐릭터로 다듬어졌다.

때로는 황당하기도 하고 때로는 웃프기도 한, 내가 실제 겪었던 갖가지 에피소드들은 캐릭터 앤지 조를 더욱 개성 있게 만들었다. 그동안 내가 겪었던 희로애락은 다양한 장르의 드라마나 다름없었다.

나는 그 누구보다 열정적이고, 긍정적이며 즐겁게 일하는 사회인이 되려고 노력해왔다. 십수 년 동안 회사를 여러 번 옮기고, 직업을 바꾸고, 다양한 사람들과 일해왔다. 많은 이들과 부대끼며 일하고, 부지런히 살다 보니 '왜 나에게만 이런 일들이 일어나는 것일까?', '운 없는 사람 대회가 있으면 3등 안에 들었을지도 몰라', '〈세상에 이런 일이〉 프로그램에 제보해도 안 믿을 거야' 하는 일들만 생기는 날이 있었다. 그런가 하면 '시트콤 소재로 쓰면 좋겠다'며 시트콤 작가를 꿈꾸게 할 만큼 기상천외한 일들만 벌어지는 날도 있었다. 물론 무료하기 짝이 없는, 아무 일도 일어나지 않은 평범한 일상이 대부분이었겠지만(그렇지 않았다면 이렇게 멀쩡하게 살고 있을 수 없었음) 내 기억 속의 일상은 파란만장했다.

한번은 하는 일이 나와 비슷한 여성들의 모임에 나간 적이 있다. 대부분이 미혼이었고, 결혼한 사람도 남편의 적극적인 외조 덕분에 회사에서 승승장구하던 임원들이었다. 저녁 식사를 하며 늦은 밤까지 이어진 그 날의 대화는 각자 얼마나 치열하게 살고 있는지 들려주는 여러 편의 논픽션 드라마였다.

그날 나는 비로소 안심할 수 있었다. 내 삶이 비정상이 아니었다고. 괜찮다고, 잘살고 있다고 스스로 쓰다듬어 줄 수 있었다.

'결혼'이라는 단어는 20대 후반부터 나를 옥죄어 왔다. "결혼 안 할 거니?", "왜 결혼 안 했어요?", "독신주의인가요?", "혹시 돌싱인가요?", "애는 낳아야죠?" 등 결혼이라는 단어로 파생되는 문장은 왜 이리 많은지, 수많은 질문에 대답해야 했다. 어쩌다 보니 결혼을 못 했다는 게 늘 나의 대답이었다.

숨을 돌리고 정신 차리고 보니 미혼 상태다. 일이 즐거웠고, 만나는 사람들이 좋았고, 경험하고 싶은 것들이 많았다. 어쩌면 나의 젊음에 미쳐있었는지도 모르겠다. 다만 그 속에 결혼이 없었을 뿐이다.

어쩌면 언젠가 결혼할 날이 내게도 올지 모르겠다. 《휴, 하마터면 결혼할 뻔했잖아!》라는 제목으로 인해 내가 독신주의가 아닐까 오해하지 않으시길 바란다. 결혼에 대해 심각하게 생각해 본 적이 없었을 뿐이다.

결혼을 하지 않음으로써 얻은 게 있다면 지금의 나일 테고, 잃은 게 있다면 안정적인 내가 아닐까? 이것 또한 결혼은 가보지 않은 길이라 어깨너머로 보고 들어 추측해 본 나의 생각일 뿐이지만.

미혼인 채로 사춘기처럼 사십춘기를 겪으며 치열하다 못해 위태로워 보이는 나와 같은 그녀들을 나는 일상에서 매일 마주친다. 서류 뭉치가 꽂혀있는 가방, 액정을 뚫을 듯 스마트폰에 고정된 시선, 덜 말린 젖은 머리를 한 채 상기된 얼굴로 내 앞을 바삐 지나가는 그녀들을 나는 오늘 출근길에도 수백 명 지나쳐 왔다.

고개를 들어 하늘을 쳐다볼 수 있는 여유로운 오후가 찾아온다면, 커피 한잔 건네며 그녀들에게 말을 걸고 싶다.

"당신의 오늘은 어땠나요? 나의 파란만장한 하루처럼 당신도 그랬나요?"

파란 하늘이 그리운 봄날에

조현경

angie joe

다른 사람 눈에는 다 똑같아 보이는 스트라이프도
내 눈에는 모두 다르게 느껴진다.
물건 대신 사람에 꽂혀야 하는데,
나는 왜 자꾸 물건에 꽂히는 걸까?

월급날

우리 회사와 카드 회사가 사전에 내 연봉을 협상한 게 틀림없다. 그러지 않고서야 월급날인데, 어찌 이리 잔고가 빈약할 수 있을까? 내 통장은 그냥 스쳐 지나가는 환승 창구일 뿐 내 월급의 종착점은 결국 카드 회사다.

카드 회사에 인질로 잡혀 있는 나는 내야 할 카드 값이 있는 한, 이 회사에서 열심히 일하는 수밖에.

#하루살이 #카드사_인질
#쇼핑자제 #월급한승 #월급노예
#퇴사못하는이유

연예인이 사세요?

몸은 하나인데 발은 120개, 머리는 100개라도 되는 것처럼 살았구나. 신발 120켤레와 모자 100개는 내가 생각해도 정말 너무 하지 않나 싶다. 이사할 때마다 이삿짐센터 직원들이 하는 말을 들을 때마다 민망하다.

"연예인이 사는 집인가요?"

#선글라스30개
#신발120켤레 #모자100개
#옷은셀수도없음
#액세서리는또어떻구 #전생에_지네

. . . 휴, 하마터면 결혼할 뻔했잖아!

연예인이 사세요?

입을 옷이 없다는 건 사실일까

옷은 많은데 입을 옷이 없다는 말, 그럼 면티 한 장도 끼워 넣을 수 없이 빡빡하게 채워져 있는 행거와 서랍장에 있는 것들은 옷이 아니란 말인가?

안 입는 옷은 버리겠다는 각오를 오늘은 꼭 실천하고야 말겠다는 생각에 최근 2년 동안 한 번도 안 입은 옷들을 거실 한 가운데로 분류해 봤다. 거실은 옷들로 난장판이 되고, 드레스룸은 텅텅 비었다. 어? 정말 입을 옷이 없다. 거실에 있던 옷 중에 입을 수 있는 옷을 골라 드레스룸 행거에 다시 걸기 시작했다. 이번에는 거실이 비었다. 아… 난 오늘 하루 종일 뭘 한 걸까?

#싫증났던거야 #옷쇼핑은이제그만
#입은비뚤어져도말은바로하자
#입을옷이없는게아니라입고싶은옷이없는 것
#미니멀라이프는다음생에

. . . 윾, 하마터면 결혼할 뻔했잖아!

쇼핑 명분

난 '뱃살공주'니까 일곱 난쟁이를 입양하는 것은 당연한 일이다.

#구색갖추기 #뱃살공주 #일곱난쟁이
#지나칠수가없어서
#나를쳐다보는애절한눈빛 #키덜트

정신승리

오늘은 운수 좋은 날. 올해 초에 사고 싶었지만 비싸서 포기했던 3백만 원짜리 코트를 아웃렛에서 1백만 원에 샀다. 결국 오늘 난 2백만 원을 번 셈. 맘에 드는 코트도 득템하고 돈까지 벌고, 일석이조!

💬 #꽃중의꽃 #자기합리화
#별었다는돈은어디에
#소비할수록부자가되는이상한공식
#쇼핑명분 #많이쓰는사람이부자
#절약왕 #득템신화
#일석이조_재테크

...휴, 하마터면 결혼할 뻔했잖아!

쇼핑이 답이 아니었어, 오늘도

이태원에서 잔뜩 쇼핑.

그래도 뭔가 채워지지 않는 허전함.

쇼핑이 답이 아니다, 오늘도.

#쇼핑중독 #쇼퍼홀릭
#질러도허해 #공허함 #외로움
#허전함 #빈자리 #채울수없는욕망
#소비욕 #맘도공허 #지갑도공허

취향 저격

마시마로와 앤지 조의 김재인 작가가 보내온 메시지. 일본 여행
갔다가 김재인 작가 부부가 생각나서 사 온 선물을 소포로 보냈
더니 이렇게 그림일기를 보내왔다.
진짜 너무 귀여운 재인 작가. ^^

로그인디 조현경 대표님께서
선물을 한 아름 보내주셨다.
그중 내 것은 없었다.
1도 없었다.
아내가 무척 기뻐한다.

나도 신난다.

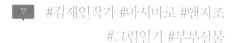

\#김재인작가 #마시마로 #앤지조
\#그림일기 #부부선물

. . . 휴, 하마터면 결혼할 뻔했잖아!

나만의 지름 예방법

맘에 드는 옷을 발견했으나 입어보면 살 것 같아 망설이고 있다가 번뜩 든 생각. 입어보고 사진 찍고 다시 제자리에 가져다 두고 안 사기! 여기서 키포인트는 맘에 드는 옷을 입고 사진을 찍는 것이다. 이렇게만 하면 정말 산 것 같은 느낌이 든다. 나만의 지름 예방법이다. 그러니 '잘 어울리는데 사지 그랬어'라는 댓글은 반사합니다!

#자기최면 #그래도사고싶긴해
#며칠은참을수있어 #결국은산다에한표
#효과있는날도있었지

내 드라이어와
너의 유모차는 못 바꾸지

"어머, 이 드라이어 샀어? 머리카락이 상하지 않는다는데, 정말 그래? 바람 온도와 세기가 그렇게 좋다면서? 그래도 가격이 내가 쓰는 드라이어의 10배던데…."

오랜만에 우리 집에 놀러 온 그녀는 역시 '스캐너'답다. 욕실에 비치되어 있던 다이슨 드라이어를 보고 호들갑을 떨며 전원을 켰다 껐다 성능을 체크한다. 가격 때문에 망설여지지 않았냐고, 미용실에서 파마를 몇 번을 할 수 있는 비용인데 어떻게 살 생각을 했냐며 반복해 묻는다.

생각하기 나름이다. 6살, 4살짜리 아이 엄마인 그녀는 첫 아이가 태어나자 몇백만 원 하는 유모차를 샀고, 70만 원짜리 몽클레르 우주복에 아기 머리 모양을 예쁘게 잡아준다는 헬멧 같은 모자와 특수 제작한 침구류를 잔뜩 샀다. 난 상상조차 할 수 없는 가격이었다. 그런데 40만 원짜리 드라이어가 그녀에게는 그렇게 놀라운 가격이었을까?

내 물건으로만, 내 취향대로만 가득 채워진 내 공간을 방문한 그녀는 이렇게 살 수 있는 내가 부럽다며 곳곳을 훑어보느라 자리에 앉아 있질 못했다.

사실 난 침실에 붙어 있는 욕실에도 다이슨 드라이어가 한 대
더 있다. 지인이 선물해 준 건데, 선물 받은 걸 팔 수가 없어서
욕실에 한 대씩 비치해놓고 쓰기로 했다. 그녀는 드라이어가 한
대 더 있는 걸 보고, 자기가 샀던 유모차와 내 드라이어를 바꾸
면 어떻겠냐고 제안했다. 머지않아 결혼하면 나도 아이를 낳지
않겠냐며.

그래서 말했다.

"그건 그때 가서 생각해 볼게. 그래도 지금은 내 드라이어와 네
유모차는 못 바꿔."

#불공정거래 #하마터면빼앗길뻔
#결혼도할까말까인데유모차라니
#유모차팔아서드라이어사라

꽂히다

나는 무언가에 꽂히면 질릴 때까지 그것만 생각한다. 향수에 꽂히면 갖가지 향수를 사 모으고, 핑크색에 꽂히면 핑크색만 사고, 스트라이프와 폴카도트(일명 땡땡이)는 언제나 진리라고 생각해 피해가지 못하는 영역이다.

다른 사람 눈에는 다 똑같이 보이는 스트라이프도 내 눈에는 줄 간격, 컬러, 재질에 따라 모두 다르게 느껴진다. 전생에 죄수였나 싶을 정도로 스트라이프를 좋아한다. 소니앤젤, 베어브릭, 레고, 스타워즈, 바바파파, 브라이스 등 피규어는 또 어떻고. 스타벅스 다이어리와 텀블러는 시즌별로 사놓고 쓰지 않아 먼지만 쌓여가는데 매해 반복해 구매하는, 탐욕에 가까운 소비 습관을 여전히 버리지 못하고 있다.

물건 대신 사람에 꽂혀야 하는데, 나는 왜 자꾸 물건에 꽂히는 걸까? 이제 더 이상 집에 둘 곳도 없는데. 이제는 물건에 꽂히고 싶지 않다. 다른 곳에 정신 팔지 못하게 내 시선과 마음을 한꺼번에 꽂히게 할 그 무언가는 무엇일까?

#지갑을두고다니자 #물건과연애하냐
#사람보다매력적인제품 #전생에다트였나
#콜렉터기질 #중독

즐겨찾기 바이러스

"이런 건 어떻게 산 거예요? 즐겨찾기 목록 좀 공유해주세요."

"아악~ 공유해주신 즐겨찾기 사이트에 매일 들어가서 이것저것 사는 바람에 지출이 너무 많아졌어요."

그들도 얼리어답터의 길로 접어든 것일까? 출시하지 않은 제품들까지 해외 크라우드 펀딩 사이트에서 펀딩하고, 몇 개월 후 펀딩했던 제품이 도착하면 제일 먼저 나에게 자랑을 한다.

"이 제품 보세요. 정말 괜찮죠? 지금은 출시 전이라 구입할 수도 없어요. 전 세계에서 1,029명만 가지고 있는 거라고요. 흐흐흐~."

쇼핑 바이러스에 감염된 것처럼 내가 하던 행동을 지인들이 내게 하고 있다. 즐거워해야 할까, 불안해해야 할까? 뭔가 무섭다. 그들의 정신건강을 위해 즐겨찾기는 이제 비공개할 예정이다.

#얼리어답터1명추가 #쇼핑을넘어선즐거움
#남보다먼저쟁취하는즐거움 #그제품망하면어쩔래
#희소성이주는기쁨 #가심비
#가성비는따지지않는다

... 휴. 하마터면 결혼할 뻔했잖아!

천 원의 행복

친구랑 다이소에 갔다가 스티커 코너에서 귀여운 스티커를 집어
들고 좋아하고 있었다. 다섯 살쯤 보이는 아이와 엄마가 스티커
코너에 왔다. 아이는 스티커를 사달라고 조르고, 엄마는 "스티커
이게 뭐라고 그렇게 사고 싶어 안달이야?" 라고 아이에게 면박을
준다. 그 소리가 꼭 나에게 하는 말처럼 들려서 뜨끔!

#엄마가동심을모르네
#엄마가안사주면내가사줄게
#완구코너는개미지옥 #문구덕후

상대 마음 배려해 주자고 내 마음이 불편한 채로 참는 것.
과연 누굴 위한 것일까?
그래서 마음을 고쳐먹었다.
상대방이 느끼지도 못하는
그런 배려는 안 해야겠다고.

머피의 법칙

점심 먹으러 나갈 때나 외부 미팅 갈 때, 그리고 회의 시작하자고
하면 꼭 이런 사람 한두 명은 있다.
"저 금방 화장실 좀 다녀올게요!"
물론 나도 그중 한 사람이다.

#작은볼일이면그나마다행
#이상한습관 #머피의법칙
#나중에식당으로와

 ▶ 응가요정

커피 독박

밥값 3,800원 / 커피값 27,600원

점심은 편도(편의점 도시락), 커피는 핸드드립!

 #밥은더치 #커피는선배가
#뭔가이상해 #커피값독박
#커피는얻어먹는게제맛
#다음에는다방커피타줄게

. . . 휴, 하마터면 결혼할 뻔했잖아!

조카 바보

갑자기 오전에 월차 휴가를 낸 후배. 휴가 신청서에는 '가족 행사
(조카 입학 설명회) 참여'라고 쓰여있다. 가족 여행도 아니고 조카
졸업식도 아니고, 입학 설명회에 결혼도 안 한 고모가 참석해야
한다고 휴가를 내다니, 있을 수 있는 일인가? 있을 수 있다. 언니
와 형부 대신 휴직하고 조카 돌봄을 자청한 최부장도 있단 말이
다. 물론 그녀도 미혼이다.

조카 없는 사람은 모른다, 조카가 얼마나 예쁜지…. 자식을 낳아
도 조카처럼 예쁘겠지?

❤️ #엄마보다고모
#조카바보 #고모는극한직업
#조카는적금 #커서보자

웬만하면 모두 후배

마케팅 강의를 마치고 자리로 돌아왔는데, 몇몇 분들이 명함을 건네며 인사를 한다.

"페이스북 프로필에 '외대 졸업'이라고 되어 있던데, 그러면 제 후배시겠네요."

30대 후반쯤으로 보이는 양복 입은 남성이 명함을 주면서 한 마디를 더 건넸다. 머리숱은 빈약해도 피부나 말투를 보면 20대인지, 30대인지, 40대인지는 이 나이가 되면 정말 신기하게도 자연스레 알게 된다.

'후배 같은 소리하네! 내가 네 선배다. 눈 깔아라!'라고 말하고 싶었지만,

"아닐걸요. 제가 선배일 것 같은데요. 제가 △△학번이거든요"라고 교양있게 말했다.

내 말이 맞았다. 그는 나보다 7년이나 후배였다.

···휴, 하마터면 결혼할 뻔했잖아!

#학연으로어설프게친한척했다가는봉변당할수있습니다
#동안의안좋은예
#너는뭐하느라팍삭삭았냐
#누나가술한잔살게

"엄마, 나 오늘 점심 뭐 먹을까?"
20대 남자직원이 엄마랑 통화하면서 묻는 말.
출근할 때 옷이랑 가방도 엄마가 챙겨준다는 얘기를 듣고 할 말을 잃었다.

#차라리지식인에게물어봐라
#세대차이인가 #문화차이인가
#멘붕 #마마보이
#당신은성인입니다

...휴, 하마터면 결혼할 뻔했잖아!

멘붕 2

남자친구랑 손깍지를 끼고 회사 문을 들어선 한 여성.
"혹시 카페 찾으세요?"라고 물으니
"아니요, 면접 보러 왔는데요. 남자친구가 같이 와줬어요"라고 대
답한다.

 #불합격입니다 #면접은혼자오세요
#혼자서도잘해야지
#비서남친 #면접백태
#당신도성인입니다

고맙기는 한데
가슴에 와닿지는 않아요

"미인이시네요.", "아름다운 분과 알게 되어 영광입니다."
미팅 때 처음 만난 분이 명함을 받으며 건넨 말이다. 여자들이 가
장 듣고 싶어하는 말인데도 나랑 거리가 먼 칭찬이라는 생각 때
문인지 가슴에 와닿지가 않는다.
"설마 미인이 어떤 뜻인지 모르시는 건 아니죠? 좀 더 저랑 잘 어
울릴만한 칭찬을 해주세요."

#주제파악 #인상좋으시네요
#동안이시네요 #칭찬이생각나지않으면
#만나서반갑습니다
#빈말 #입발린소리

. . . 휴. 하마터면 결혼할 뻔했잖아!

scene 2

고맙기는 한데 가슴에 와닿지는 않아요

회사 가는 게 즐거우려면?

"회사 다니는 게 왜 이렇게 괴로울까요? 일이 너무 재미없어요."
1년에 한 번씩 회사를 옮기는 후배가 있다. 퇴직금 때문에 1년은 버틴다는 생각으로 1년 채우면 다른 회사로 이직하기를 밥 먹듯이 하는 후배다. 이번에도 새 회사로 옮긴 지 6개월밖에 안 됐는데, 벌써부터 엉덩이가 들썩이는 모양이다.

어차피 해야 할 일이라면 즐거운 마음으로 하라고 반복해 조언해도 그녀에게는 와닿지 않는 모양이다. 회사 다니는 게 매일 즐거우려면 어떻게 해야 할까? 그녀에게 어떻게 조언하는 게 효과적일까 고민하다가 무심코 내뱉은 말.

"회사 가는 게 즐거우려면 회사에 돈을 내고 다녀! 엄마들이 어린이집이나 놀이방에 아이들 보낼 때 돈 내고 보내잖아. 애들도 즐거워하고. 회사 다니는 게 힘드니까 회사에서도 월급을 주는 거야. 회사 다니는 게 매일 즐거우려면 돈 내고 다녀야지!"

아무 말 대잔치나 다름없는 이 말이 그녀의 생각을 바꾸게 했다는 후문.

#여행도일로하면즐겁지않잖아
#먹는건좋아도요리와설거지는싫어
#돈을왜주는지생각해보자
#메뚜기이직녀
#먹고살기힘듦

대머리만 아니면 돼

서른 살이 되면서 탈모가 시작됐다는 회사 후배 김팀장은 요즘 탈모 이식 수술에 대해 심각하게 고민하고 있다. 점심시간마다 탈모 전문 병원 후기를 둘러보느라 정신이 없다. 김팀장에게는 그 어떤 고민도 탈모만큼 크지는 않은지 행복의 비교 대상이 머리숱이다.

"저는 머리만 풍성해진다면 영혼이라도 팔겠습니다."

"그래도 여자들은 나이 먹어도 대머리가 되진 않잖아요."

"저는 나이랑 머리숱이랑 바꾸라면 바로 바꿀 수 있어요."

#몸은30대 #머리는50대
#대머리만아니면돼
#대머리가어때서 #가발이있잖아
#머리숱이생긴다면영혼이라도팔기세

...휴, 하마터면 결혼할 뻔했잖아!

프로필 사진으로 돌아갈 수 있을까?

가장 날씬하던 시절의 사진을 지갑에 넣어 다니는 친구, 그때보다 15킬로그램이나 더 찐 그녀는 페이스북이나 카톡 프로필도 그때 사진으로 해놨다. SNS로 알게 된 사람이 만나자고 하면 이 핑계 저 핑계 대며 대답을 회피하곤 하는데, 이번에는 자기도 오프라인으로 만나고 싶은 사람이 생겨서 프로필 사진대로 빨리 다이어트를 해야겠다고 했다.

"오늘부터 다이어트 한약을 먹어야겠어. 그래도 안 빠지면 전신에 보톡스라도 맞을래."

#분식먹고찌운살비싼한약으로뺍니다
#PT도무용지물 #물만마시기
#가상현실의그녀 #남얘기할때가아냐
#살빼기_돈모으기_실패
#돈빼기_살모으기_성공

▶ 다이어트

요즘 신입 직원을 뽑느라 면접을 보면서 느낀 점 몇 가지.

1. 내 실력으로는 이력서도 못 내밀겠구나.
2. 부모님과 함께 사는지, 독립해서 혼자 사는지를 물어본 것인데, 의외의 답변!
   "남자친구랑 살아요." 부럽다.
3. 내가 모르는 자격증이 우리나라에 너무 많다. SNS 자격증이라는 실체 없는 자격증까지!
4. 지금 쌓고 있는 업무 경력 외에도 취미로 다른 일을 배우고 있는 사람들이 많다. 한 사람이 여러 개의 직업을 가질 수 있는 시대가 머지않았다.

🖤 #내가이력서냈다면불합격
#동거시대 #블라인드면접이필요한이유
#묻지말걸그랬어 #얼굴은내가빨개짐

. . . 휴, 하마터면 결혼할 뻔했잖아!

제가 혹시 반말하진 않았나요?

협업 파트너사로 만난 A사의 신 대표, 풍채가 좋은 데다가 말투에도 무게감이 느껴져 나보다 연장자겠다 싶어서 명함을 주고받으며 깍듯이 인사를 했다. 양손을 가지런히 앞으로 모으고 어쩌면 90도로 허리를 숙이며 인사했을지도 모르겠다. 윗사람들이 그러하듯이 그녀도 나의 인사를 기분 좋게 고개를 끄덕이며 받았다. 그리고 우리는 함께 커피를 마시며 올림픽 시즌이라 자연스럽게 올림픽 얘기를 하며 아이스 브레이킹 시간을 가졌는데, 그녀가 88서울올림픽 때 세 살이었다고 했다. 85년생이라니, 그게 사실이라면 내가 했던 인사를 돌려받아야 마땅했다.

이때다 싶어 내가 88서울올림픽 때 유행했던 노래와 가수에 대해 얘기하자 그녀는 좌불안석이 되었다.

"저… 죄송합니다. 몰라뵀습니다. 제가 혹시 반말하진 않았나요?"

#동공지진 #무릎꿇어라
#인사다시해 #깍듯하게인사해라
#어려보이는게죄

차라리 꼰대가 되는 게 낫겠어

오늘은 회사 후배 가운데 몇 명의 태도가 계속 맘에 안 들었다.
요 며칠 거슬려서 불러서 야단을 칠까, 밥을 사주며 얘기를 들어
줘야 하나 고민하던 중이었다.

클라이언트와 식사를 겸한 미팅을 하러 가는데 차 시동을 켜놓고
10분이나 기다리게 하더니, 내가 운전하는 동안 머리를 뒤로 젖
혀 눈을 감고 있거나 꾸벅꾸벅 졸았다. 질문에도 퉁명스럽게 대
답하고, 두세 번 불러야 대답을 했다. 클라이언트와 식사를 하는
자리에서도 입을 다물고 있었다. 무뚝뚝한 후배들 대신 분위기를
띄우는 건 오늘도 내 몫인 건가.

화가 스멀스멀 올라오기 시작해 한 소리 하고
싶었는데, 입 밖으로 꺼내면 분노 게이지가 더
올라가 평정심을 잃게 될 것 같아 꾹 참았다.

'컨디션이 안 좋거나 스트레스가 심한가보다' 생각하며 달라지겠
지 기대했는데, 집에 와서 생각하니 내가 왜 배려해줘야 하나 하
는 생각이 든다. 후배 마음 배려해 주자고 내 마음이 불편한 채로

참고 있는 게 과연 누굴 위한 것인지 의문이 들었다. 그래서 마음을 고쳐먹었다. 상대방이 느끼지도 못하는 그런 배려는 안 해야겠다고. 그래봐야 알아주지도 않고 버릇만 나빠진다고. 내일은 불러서 태도 문제를 하나하나 지적해야겠다고.

싫은 소리를 하면 같이 기분이 나빠지니까 되도록 안 하려고 하는데, 어느 순간 어이없는 경우를 당하는 건 결국 내 몫이 되니 더 화나는 일이 생기기 전에 그때그때 지적하는 게 서로를 위해 좋은 방법일 거라고.

화를 내는 건 나쁜 일이 아니다. 화를 낼 때는 내야 하는데, 다만 그 대상을 정확히 향해 내야 한다. 그것만 조심하자. 괜히 엉뚱한 곳에 화풀이하지 않게.

윗사람보다 아랫사람 비위 맞추는 게 더 힘든 요즘이다.

#속상해 #꼰대라고해도어쩔수없어
#후배눈치보기 #홧병나기전에말하자
#화내기연습 #차라리꼰대가되자
#낀세대

앞으로 얼마나 더 일을 할 수 있을까? 모르겠다.
하지만 죽기 전까지 일하려면
무엇이든 계속 배워야 한다는 것은 확실히 안다.

명분

마케터는 많이 사보고 써 봐야 하기 때문에 가난할 수밖에 없다고 스스로 위안하며 끊임없이 쇼핑목록을 늘려나간다.
정말 마케터여서 가난한 건가. 가슴에 손을 얹고 생각해 보자.

♥ #마케터 #소비의최전선
#정말마케팅때문인가 #핑계
#살까말까고민될때에는사라
#명분이있으면돼

손가락이 안티

다 쓴 제안서를 뭔가 잘못 누르고 저장하는 바람에 완전히 모두 날려버렸다. 빈 화면이 뜨는 순간, "아닐 거야, 남아있을 거야" 혼자 중얼거리며 파일을 다시 불러왔다. 마침표 하나 남아 있지 않았다.
다 쓴 제안서를 기억을 더듬어 처음부터 다시 쓰는 건 진짜 사람할 짓이 아니다. 몹쓸 손가락이라며 나를 해치고 싶었던 고통의 시간. 그래도 생각보다 나의 기억력은 아직 쓸만했다.

P.S. ctrl + s 너무 자주 누르지 말자. 버튼 하나 잘못 누른 후 습관처럼 ctrl + s를 눌렀더니 파일이 모두 삭제된 채로 저장이 되었던 거였다. 이런 붕딱 같으니라구!

#붕딱 #자동저장도정도껏
#잊어버리기전에빨리다시써야해
#덕분에철야 #내탓이오

... 휴, 하마터면 결혼할 뻔했잖아!

언제까지 출근할 수 있을까?

'출근이 처리되었습니다!'

오늘도 지문이 내 생체 바코드가 되어 나의 출근을 인증한다.

학교 졸업 후 여러 회사를 메뚜기처럼 옮겨 다녔다. 더 나은 회사를 찾아갈 수 있는 기회가 영원히 내게 올 줄 알았다. 그런데 요즘은 헤드헌팅 회사에 이력서를 내밀면 "자리가 많지 않으니 우선은 꿋꿋이 지금 자리를 지키는 게 중요하다"고 말한다. 실력도 있어야 하고, 평판도 좋아야 하며, 자리 관리도 열심히 해야 한다고. 그러면 좋은 기회가 또 올 수도 있을 거라고.

매일 출근 도장 찍을 수 있는 날도 얼마 남지 않았단 말인가?

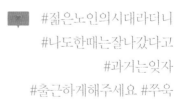
#젊은노인의시대라더니
#나도한때는잘나갔다고
#과거는잊자
#출근하게해주세요 #쭈욱

신뢰 시대 개막

원고를 보내기도 전에 신문사에서 먼저 칼럼료를 입금해 주더니, 며칠 전에는 컨설팅을 승낙하자마자 컨설팅료를 보내왔다. 오늘은 내일 있을 강의에 대한 강의료를 오전에 입금해 주겠다며 전화가 왔다. 모두가 선불로 주다니, 신기하네.

 #보이스피싱아닌가의심될지경
#로또맞은기분 #받고튀자
#믿어서인가못믿어서인가
#나도내일먹을밥을오늘먹을까

. . . 휴, 하마터면 결혼할 뻔했잖아!

매너가 사람을 만든다. 스킬이나 능력보다 우선할 것은 매너라는 것은 진리다. 똑똑하고 일을 잘하는데 매너가 좋지 않은 A와 일은 보통 수준으로 하면서 매너가 좋은 B, 두 명이 있다면 기업에서는 분명 A와 B를 모두 채용할 것이다. 그러나 관리자로 승진하고 더 많은 프로젝트와 더 큰 조직을 이끌어 가는 사람으로는 B가 선택되는 것을 수없이 봐왔다.

일은 결국 사람이 하는 것이고, 일과 사람을 대하는 태도가 얼마나 중요한지는 회사를 다니는 사람이라면 누구나 공감할 것이다. 내가 비난하는 그 사람이 어떤 경우에는 내가 될 수도 있다는 것을 생각해 볼 필요가 있다. 칭찬은 아낌없이, 잘못을 지적할 때에는 예의 있게. 매너를 갖춘다는 것은 쉽지 않은 일이다.

♥ #버럭하지말자 #사람되긴멀었다
#킹스맨이주는교훈
#칭찬만하고싶은데 #오늘난예의있게지적했나또반성

#일 #멘 #버즈니스

살까 말까
고민될 때는 사라

마케터는 많이 보고, 많이 사보고, 많이 써봐야 한다. 많이 팔아보기도 해야 한다. 살까 말까 고민될 때에는 사지 말라는 얘기는 마케터에게는 적절치 않다. 살까 말까 고민될 때는 일단 사고, 사서 써본 후 괜히 샀다 싶으면 중고장터에 되팔면 된다.

80퍼센트 세일 하는 골든구스 스니커즈를 손에 들었다 놨다 하며 망설이는 후배 지연에게 나는 말했다.

"너 이거 안 사면 진짜 후회한다. 신다가 다시 팔아도 이 가격보다 더 비싸게 팔 수 있다구! 이 가격에 사는 건 돈 버는 거야!"

지연이는 자기에게 이 신발이 꼭 필요한가를 고민해 보고 있다고 했다.

"꼭 필요해서 사는 건 패션이 아니지. 예뻐서 사는 거야. 갖고 싶어서 사는 거고. 이 가격에 맘에 드는 걸 손에 넣는다는 것, 그 자체만으로도 얼마나 큰 즐거움이니? 그걸 즐겨 보라구."

악마 같은 꼬임과 반협박에 그녀는 그 신발을 안고 나왔다. 그리고 며칠 후 내게 골든구스를 신은 사진 한 장과 함께 카톡을 보내왔다.

... 휴. 하마터면 결혼할 뻔했잖아!

"안 샀으면 두고두고 후회할 뻔했어요. 신을 때마다 너무 만족스러워요."

이럴 때마다 후배들에게 내가 하는 말이 있다.

내 말을 잘 들으면 자다가도 떡이 나온다고.

#고민할걸고민해라
#쓰면서도돈버는쇼핑 #어차피돈은없어져
#후배들술값내주는대신신발하나더사자
#악마선배 #지름신

마케터는 잘 들어주는 사람

말을 잘하는 것보다 더 중요한 것은 말을 잘 들어주는 것이다. 입은 하나인데 귀가 두 개인 이유, 말하기보다 듣는 게 더 중요하기 때문이라는 해석은 정말 맞는 말이다. 마케터는 트렌드에 관심이 많고 호기심도 많으며, 무엇보다 잘 공감할 수 있는 사람이어야 한다고 생각한다. 누군가를 잘 설득하려면 설득하고자 하는 상대방의 의견도 잘 들어야 하기 때문이다. 말하기보다 듣기가 먼저다. 잘 듣고 그다음에 말할 것, 이것이 공감대가 뛰어난 마케터의 기본 자질이라고 생각한다.

디지털 마케터들이 통계나 수치를 많이 보는 것도 듣는 방법 중 하나다. 수많은 소비자를 한 명씩 모두 만나 의견을 들어볼 수 없기 때문에 정확한 통계와 수치, 키워드 등을 통해 그들의 반응을 살펴보는 것이다. 소비자의 의견을 충분히 들었다면, 이제 마케터가 말하고자 하는 메시지를 소비자에게 어떤 방식으로 전달할 것인지를 찾아가는 것. 이것이 마케팅이다.

마케팅 강의를 할 때마다, "마케팅은 무엇인가", "마케터는 어떤 일을 하는 사람인가"하는 질문을 받을 때마다 내가 하는 답변이다.

· · · 휴, 하마터면 결혼할 뻔했잖아!

♥ #잘듣기 #많이보기 #많이사기
#많이경험하기 #숫자와친해지기
#호기심충전하기

언젠가는 나도

돈 많은 사람이 부자가 아니라 돈을 많이 쓰는 사람이 부자라면,
나는 부자인 건데?

#부자의꿈 #안써야부자가된다
#부자로개명하는게빠르다
#오늘도로또를산다
#다음로또1등은내차례

. . . 휴, 하마터면 결혼할 뻔했잖아!

"예산은 적지만 있어 보이게, 화려하지만 심플하게, 위화감을 주지 않는 럭셔리한 느낌으로 만들어 주세요. 한 번 보면 느낌이 팍 올 수 있게, 제 얘기가 무슨 얘기인지 아시죠? 선수끼리는 선수를 알아보니까 아마 아실 거예요. 힘들겠지만 내일 오전까지 부탁해요."

#말이냐막걸리냐
#너는네말을이해하니 #통역해줘
#관세음보살 #오주여 #갑질도가지가지
#이럴거면네가해

세쌍둥이라는 소문

오전 9시 상암동 MBC에서 라디오 녹음. 오전 11시 압구정에서 클라이언트 미팅. 오후 3시 전남 나주에서 강의. 오후 9시 서울역 도착.

SNS에 남긴 흔적을 따라 이동 경로와 시간을 추적해 보면 불가능 일이 아닌데도 오늘따라 '동에 번쩍, 서에 번쩍, 조길동이 따로 없다'는 댓글이 폭주한다. 그 가운데 한 사람은 의문을 제기했다.

"세쌍둥이라는 설이 있던데, 정말인가요?"

❤️ #SNS의폐단인가
#세쌍둥이라면한명은여행만다니게하고싶다
#내별명은조길동
#누구나바쁜하루가있지않나

 . . . 휴, 하마터면 결혼할 뻔했잖아!

구두쇠 DNA 발견

주차비, 남기는 밥 사주는 것, 미용실 가는 돈, 백화점에서 제값 주고 물건 사는 것, 물티슈를 물 쓰듯이 쓰는 것, 종이컵 한번 쓰고 버리는 것.
이건 정말 돈 아까운 일.

#남기면안사줄거야
#종이컵도세척해서써라
#텀블러쓰자 #텀블러만20개
#백화점보다아웃렛

창업은 힘들 때 해야 한다

창업 후 8년이 지난 지금까지 경제가 좋아질 거라는 반가운 소식은 한 번도 듣지 못했다. 내가 창업하자마자 기다렸다는 듯이 매년 불황이라는 얘기밖에 없어서 누군가에게 하소연한 적이 있었다. 나랑 사업은 궁합이 안 맞는 것 같다고. 그랬더니 누구인지 기억은 나지 않지만 내게 이런 위로를 해줬다.

"원래 창업은 불황일 때 해야 해요. 호황일 때 창업하면 남들은 다 잘 되는 것만 같은데, 왜 나만 이렇게 힘드냐 하는 생각에 상대적인 박탈감이 들 거 아니에요. 그러나 불황일 때 창업하면 남들도 힘들고, 나도 힘드니까 견디고 버틸 힘이 생기죠. 그만큼 창업은 원래 힘든 겁니다."

역시, 난 선견지명이 있었다. 힘들 때 창업하길 잘했다니까! 버티는 게 살아남는 거다.

. . . 휴, 하마터면 결혼할 뻔했잖아!

 #사업체질인가 #오늘도버틴다
#남들도힘들다
#나만힘든게아니었어
#빛좋은개살구

나는 늘 사장 마인드로 일한다고 생각했다. 오만이었다. 직접 월급을 주면서 회사를 운영해보니 사장 마인드로 일한다고 자부했던 나의 생각이 얼마나 건방진 태도였는지 알게 됐다.

회식 자리에서 고기를 배불리 먹은 후, 먹지도 않을 냉면을 1인당 한 그릇씩 시켜놓고 그대로 남기고 가는 일이 얼마나 아깝고 속쓰린 일인지 사장이 되고 나서야 알게 됐다. 사주는 간식을 남김없이 맛있게 먹고, 명절 선물을 받고 감사하다고 메시지를 보내주는 직원이 얼마나 기특한지도 사장이 되고 나서야 알게 됐다. 사장은 더 많이 주고 베풀어야 하는 자리이지만, 직원이 사주는 커피 한 잔에 감동 받는 외로운 사람들이 앉아 있는 자리인 것 같다. 늦었지만 과거 나의 사장님들께 스타벅스 기프티콘이라도 한 잔씩 보내드려야겠다.

#이심전심 #후배들으라고하는말
#뒤늦게철드네
#나도커피한잔만사줘
#말이라도이쁘게하면자다가도떡이생긴다

나의 탈출구는
'방해금지모드' on!

그런 날이 있다. 출근과 동시에 전화가 연이어 쏟아지는 날. 주차
장에서 차를 빼달라는 전화 외에는 요즘은 웬만해서는 전화하는
사람이 많지 않은데, 카톡 장애가 발생했나 싶을 정도로 유독 전
화가 폭주하는 날이 있다. 오늘도 그런 날이다.

강의와 컨설팅 의뢰 전화부터 클라이언트의 컴플레인과 하소연
까지…. 하루 종일 보조 배터리를 연결하고 다녀야 할 정도로 통
화량이 많았다. 전화할 때 한꺼번에 얘기하면 좋으련만 끊고 나
서 다시 전화해 또 물어보고, 끊고 또다시 전화하고를 반복하는
사람이 있다. 그런가 하면 1시간 동안 얘기해놓고 만나서 자세히
다시 얘기하자는 사람도 있다.

오늘이 월요일이 아니라 금요일인 게 얼마나 다행스러운 일인
지…. 퇴근하자마자 탈출구를 찾아 기필코 전화에서 해방되고야
말지어다. 전화에서 해방되는 방법, 간단하다. 아이폰에서 '방해
금지모드'를 'on' 해두면 된다. 지금 바로 실행!

#중요하지않은얘기는30분
#중요한얘기는30초
#솔직히너친구없지?
#중요한건매일주세요

회사를 그만두고 싶다는
후배에게 들려주고 싶은 이야기

사이코 같은 팀장 한 명 때문에 회사를 옮겼더니 옮긴 회사에는 팀장뿐만 아니라 사장도 사이코였다. 그래서 이 꼴 저 꼴 다 안 보고 괜찮은 사람들만 뽑아 내가 사업을 직접 해야겠다 싶어 창업을 했다. 그랬더니 이번에는 클라이언트가 모두 사이코였다.

하아… 월급 주니까 참는다.

#쓰레기차피하다가똥차만난다는얘기
#지금있는회사가가장좋은회사일지도몰라
#내가사이코는아닐까
#덕담이냐악담이냐

… 휴, 하마터면 결혼할 뻔했잖아!

회사를 그만두고 싶을 때
내가 나에게 하는 이야기

"너 지금 이 회사 접으면 취업할 곳이 없어!"

#섬뜩 #죽기살기로일하기
#내가아니면나를취업시켜줄회사가없다
#그건정말사실 #슬픔
#100년기업으로만들자

독감보다 무서운 습관

고열 때문에 새벽에 찾아간 응급실에서 간호사가 팔에 꽂아준 링거를 한참 지나서야 유심히 봤다. 이름이 '조현경'이 아니라 '로그인디'로 적혀 있다. 내가 로그인디 대표인 걸 어떻게 알았나 했는데 로그인디 옆에 물음표도 같이 적혀 있다.

간호사가 다가와 체온을 재더니 열이 많이 떨어졌다며 환자분 이름이 어떻게 되냐고 묻는다. 간호사가 이름을 여러 번 물었는데, 내가 주민등록번호는 제대로 불러주고 이름은 로그인디라고 말했다고.

병원에 와서 응급실 침대에 누운 것까지도 다 기억나는데, 로그인디라고 대답한 건 기억이 안 난다. 간호사에게 "로그인디는 회사 이름"이라고 했더니 사장님이 알면 엄청 예뻐하겠다며 내 이름으로 고쳐 적었다.

로그인디가 뭐길래, 이름 물어보는데 내 이름 대신 회사 이름을 말했을까?

. . . 휴, 하마터면 결혼할 뻔했잖아!

♥ #나보다회사
#나는어디에
#독감합병증인가
#일중독 #일하는여자
#제가사장인데요

요즘 후배 창업자나 신입 마케터들을 만나 멘토가 되어 달라는 부탁을 받는다. 주제넘은 조언을 한답시고 이러저러한 내 경험담을 들려주곤 하는데, 이런 만남이 끝나고 나면 나는 과거의 내가 너무나 안쓰럽다는 생각이 든다.

나도 사원일 때, 대리일 때, 과장에서 차장이 되고 팀장이 되었을 때, 멘토나 롤 모델이 있었다면 얼마나 좋았을까? 그런 사람이 내 주변에 없던 것도 아니었는데, 매번 부딪히던 나의 한계와 로드맵에 대해 나는 왜 선배들에게 적극적으로 상의하고 조언을 들어보려 하지 않았을까?

"선배. 제가 지금 이런 게 너무 고민이고, 저의 한계를 많이 느끼고 있는데 어떻게 극복해야 할까요?"

이 한마디만 입 밖으로 꺼낼 용기가 있었다면 수많은 시행착오를 하지 않았어도 되었을 것을.

과거의 조현경 대리에게 지금의 내가 말해주고 싶은 조언 딱 한 가지.

"힘들 때는 선배들에게 다 털어놓고 조언을 구해봐."

. . . 휴. 하마터면 결혼할 뻔했잖아!

#선배는괜히선배가아니다
#다양한멘토를섬길것
#그들이당신의미래
#맨땅에헤딩하면머리깨짐
#지금알고있는것을그때알았더라면

기업의 수명이 인간의 수명보다 짧기 때문에 평생직장, 평생 직업이라는 말이 실현 불가능한 시대가 되었다. 새로운 회사로 이직할 때마다 이 회사에서 뼈를 묻겠다는 각오를 했지만, 내가 뼈를 묻기도 전에 사라진 회사가 한두 군데가 아니었다.

1년 동안 월급을 못 받았지만 의리 때문에 그만두지 못했던 회사가 있다. 그러나 지금 생각해보면 월급을 못 받기 시작했을 때 그만두어 주는 게 사장님의 짐을 덜어주는 길이었던 것 같다. 눈치 없이 계속 붙어있었던 게 아니었나 하는 생각이 나중에서야 들었다. 그 후로는 회사가 어려운 상황에 처해 직원들의 급여가 부담이 될 것 같다는 판단이 들면, 내가 먼저 임원들에게 얘기를 하곤 했다. 내가 나가주는 게 도움이 되면 먼저 얘기를 해달라고.

창업하기 전 있었던 마지막 회사에서 "이제 이사님이 직접 창업해서 회사를 하셔도 될 것 같아요"라는 말을 사장에게 들었다. 물론 권고사직을 그렇게 돌려 말한 것이었지만, 난 그 후 실제로 창업을 했고 벌써 8년 차 회사의 사장이 되었다.

내 길인지 아닌지 갈팡질팡하며 아무 생각 없이 거쳐왔다고 생각한 회사들도 있었는데, 창업하고 보니 그 회사들에서 배웠던 일들도 모두 나의 자산이 되었다. 색다른 경험을 좀 더 많이 해 볼걸 그랬다는 아쉬움이 들기까지 했다.

디지털 마케팅 대행사를 운영하면서 디지털 경력만 있었다면 할 수 없었던 일들도 수없이 많았다. 과거에 좀 더 많은, 다양한 경험을 하지 못했던 것이 아쉽기만 하다. 앞으로 얼마나 더 이 일을 할 수 있을지 모르겠다. 하지만 죽기 전까지 일하려면 무엇이든 계속 배워야 한다는 것은 확실히 안다. 배우고 싶은 게 있다면 일하면서도 짬을 내 계속 배워가야 하는 이유, 머지않아 우리는 여러 개의 직업을 가지며 살아야 할지도 모르기 때문이다.

 #하고싶은일을찾아하다보니여기에와있더라
#직장을찾지말고일을찾기
#20개의직업을가질수있게준비하자
#오늘도배우는중

분산투자가 답이야

모여서 밥 먹고 커피 마시거나, 모여서 밥 먹고 술 마시는 게 다양한 만남의 고정 패턴이 되는 것 같았다. 이걸 깨고 싶었다. 독서 토론이 주제인 모임도 있고, 마케팅 사례 공유가 목적인 만남도 있다. 그러나 친분을 쌓기 위한 만남은 대부분 비슷한 패턴을 유지하는 것 같아서 즐거움을 더하고 싶었다. 그래서 소환한 것이 '부루마불'. 현실에서는 내 소유의 땅조차 없지만, 부루마불에서는 땅도 사고 건물도 짓고, 운 좋으면 우주여행도 할 수 있다. 너무 많이 가졌다 싶을 때는 무인도에 들어가 쉴 수도 있다.

어릴 때 아무 생각 없이 친구들과 모여 앉아 즐기던 부루마불. 어른이 된 지금 다시 부루마불을 하니 대리 만족, 대리 경험을 할 수 있어 어릴 적 기억보다 더 재미있고 심오하기까지 하다. 함께했던 지인들마저 모두 이 게임에 빠져들었다. 부루마불은 재미뿐 아니라 교훈도 준다. 바로 '자만하면 큰코다칠 수 있다'는 것이다. 부루마불에서 올림픽만 고수하면 된다고 생각했는데, 땅도 없고 건물도 없고 올림픽만 가지고 있으니 망하는 것도 금방이었다.

한곳에 집중 투자해서 한 사람만 걸리면 재산 탕진하게 만들겠다던 전략도 종종 빗나갈 때가 있다.

시장을 잘 봐야 하고, 경쟁자들의 투자 전략을 견제하며 내 영역을 확장해 가야 한다는 것은 현실에서뿐 아니라 부루마불에서도 필요한 전략이었다.

#올림픽이고뭐고
#부루마불도내뜻대로안되는구나
#너나가져라올림픽 #호텔을지어야해
#보드게임마니아 #허밍어반스테레오_부루마불

사장 마인드

주말 출근은 뭔가 여유를 만끽하며 일할 수 있어서 좋다. 사무실도 나 홀로 독차지할 수 있어서 더욱 즐거운 주말 출근.

 #놀사람없어서회사로
#집에서일해도되건만
#게임하기좋은환경

. . . 휴, 하마터면 결혼할 뻔했잖아!

팔면서 배우는 것

2년째 손이 안 가서 안 입고 있는 옷들을 온라인으로 판매하고 있는데, 생각보다 잘 팔려서 깜짝 놀랐다. 옷을 팔아보니 구매하는 소비자들의 다양한 성향들을 발견하게 되어 피곤하기도 하지만 나름 흥미진진하다. 그동안 나는 다른 소비자들에 비하면 별로 고민하지 않고 충동 구매하는 '울트라 호갱'이었다. 중고사이트에서 옷을 판매하면서 느꼈던 열 가지.

1. 옷을 판매할 때에는 사이즈는 물론 총 길이, 팔뚝 넓이, 팔 길이, 가슴둘레, 소재 디테일 사진, 소재 원료, 정품 확인 태그 디테일 사진, 컬러 등을 알려줘야 한다.
2. 사용감이 눈에 보이는 부분은 디테일 사진으로 보여줘야 한다.
3. 내가 구입했던 가격을 알려주고, 몇 번 입었는지를 알려준 후 책정된 금액을 얘기하면 구매 결정에 더 긍정적인 영향을 준다.
4. 한 번 내 옷을 구매한 사람이 계속 구매한다. 심지어는 사이트에 올리기 전에 자기한테 먼저 연락을 해달라고 한다. 스타일

이 맞으면 그 사람이 판매하는 옷을 그냥 사면 되는, 어찌 보면 큐레이팅 된 옷이라는 점 때문에 재구매가 일어나는 듯하다.

5. 골프용품은 올려놓으면 당일에 판매된다. 물론 가격도 싸고, 거의 새 제품이었지만.

6. 옷을 보내기 전에 스타일러에 돌려서 보내주겠다고 하니까 더 반응이 좋은 듯하다.

7. 소비자들이 찜한 옷들 중에 일정 기간 지나도 판매되지 않으면 가격을 슬쩍 내린다. 바로 구매로 연결된다. 찜해두면 가격이 내렸을 때 바로 알림이 가고, 생각했던 금액으로 떨어지면 바로 구매하는 듯하다.

8. 안 쓰는 전자제품과 생활용품도 곧 판매할 예정인데, 대부분 아이디어 제품이라 중고장터에서는 반응이 어떨지 또 궁금해진다. 꼼데가르송 옷은 내놓으면 계속 한 사람이 사간다.

9. 최대 십여 차례 이상 추가 질문을 해오는 사람들도 많다. 그리곤 안 산다. 이 과정에서 어떤 정보를 더 제공해야 하는지 학습이 되기 때문에, 질문이 많은 소비자를 접할수록 판매자는 더 똑똑해진다.

10. 자기 사이즈가 아닌데도 어떻게든 사서 입고 싶어하는 소비자들이 많다. 55 사이즈여야 잘 맞는다고, 66 사이즈 입는 분들은 좀 낄 거라고 해도 굳이 디테일 사이즈를 물어보며 자기의 신체 사이즈와 비교해 보는 소비자들이 있다. 그냥 포기하거나

 . . . 휴, 하마터면 결혼할 뻔했잖아!

다이어트를 해서 입으라고 권하고 싶지만 꾹 참았다. 그렇게나 질문이 많던 세 번 입은 폴스미스 패딩은 아직도 수많은 질문 세례만 받고 있다.

#파는게어렵다는걸알아야안산다
#판매한돈으로신상을사고있는나를발견
#55사이즈환영 #팔고사자 #장사꾼체질
#진상사절 #쿨거래환영

늦지 않으려고 택시 탔는데, 택시 때문에 미팅에 늦었다.
나한테 왜 이래?

내 손이 안티

카톡할 때 오타가 늘었다. '시발 사이즈', '안주 전해 주세요', '저 년 먹었어' 등 생각지도 못한 문장을 나도 모르게 내 손가락이 쏟아내고 있다.

#못믿을손뚱아리
#손가락테러
#너는내편이아니구나 #음성은어떨까

거품 매직

부글부글, 오늘따라 입속에서 치약 거품이 희한하게 잘 난다. 목
구멍까지 막더니 코로도 거품이 나오기 시작한다. 뭐지?

#또클렌징폼을치약대신짰네
#정신차리자
#한번은실수 #두번은치매
#둘중하나는디자인을바꿔야하지않을까?

운수 좋은 날

U-Turn! 타이밍이 기가 막히게 신호등이 빨간 불로 바뀌어, 속도를 붙인 채 그대로 유턴할 수 있었다. 우두둑… 너무 터프하게 핸들을 돌렸나, 어깨가 이상하다.

#응급실로직행 #습관성 #어깨탈골
#남자였으면군대면제인가
#운수좋은날인가했는데

가끔은 나 자신을 헤치고 싶다

오늘은 아침부터 믹스커피가 한 잔 땡기는 날이다. 믹스커피는
종이컵에 타 마셔야 제맛. 믹스커피 한 봉지를 뜯어서 종이컵에
넣고 뜨거운 물을 부은 후 커피 봉지를 돌돌 말아 휘휘 저었다.
그리고 커피를 들고 내 자리로 가려는 순간, 다이어리 위에 올린
종이컵이 발 위로 미끄러지며 쏟아졌다.

하늘에 폭죽이 터지듯 대리석 바닥에, 유리창에, 내 발등 위에,
내 흰 바지 곳곳에 커피 파편이 튀어 올랐다. 누굴 탓하리. 이럴
때는 정말 나도 나를 헤치고 싶다.

나였기를 망정이지 다른 사람이 내게 이랬다면 오늘 큰일 치르는
날이었을지도 모르겠다.

🖤 #내가그랬으니다행
#유리컵이아닌것만도다행
#오늘한놈만걸려라 #자해충동
#평소처럼아메리카노를마셨다면

... 휴. 하마터면 결혼할 뻔했잖아!

중국에 출장 와 드럭스토어에서 파스를 몇 개 샀다. 파스가 좋아 보이긴 했으나 예상 금액을 훨씬 넘은 가격에 내심 놀랐다. 그러나 우리나라에서 사던 가격과 별 차이가 없어 그냥 계산을 했다. 점원이 한국 돈으로 3만 원 이상 구매했기 때문에 선물이 있다며 뭔가를 들고 온다. 선물 목록이 들어있는 두꺼운 잡지 책이었다. 아무거나 골라도 된다며, 그중 강력추천하는 선물이라며 24첩 반상기 세트까지 가져와 보여준다. 한국으로 가져가기에는 짐이 된다고 거절했더니 이번에는 부피가 작은 것으로 추천 해주기를 청소기, 드라이어, 밥솥 등이다. 결국 드라이어를 선물로 받아들고 왔다. 혹시 감전되는 것은 아닐지, 머리카락이 타는 것은 아닐지 내심 걱정되어 아직 개시하지 못했다. 역시나 대륙의 경품은 차원이 다르다.

💬 #대륙의스케일 #통큰소비
#파스사고드라이기선물받은거실화냐
#내머리는소중해

스팸 전화 대응법

"고객님! KT인데요. 저희가 무상으로 스마트폰 기기 변경을 해
드리려고 전화를 드렸습니다. 어쩌고저쩌고…."
세상에 공짜는 없다는 게 나의 지론이다. 게다가 이런 전화는 꼭
미팅 중이나 회의 중일 때 온다. 오래 끌어봐야 서로 시간 낭비이
기 때문에 내가 생각해낸 방법! 서로가 기분 나쁘지 않으면서 빨
리 전화통화를 종료하는 노하우다.
"어머, 저도 KT 직원이에요!"

#사기아닌사기
#가끔은SKT직원이되기도
#세상에공짜는없어요
#스팸전화대응법

... 휴, 하마터면 결혼할 뻔했잖아!

뒤통수 수난

광화문 사거리 한가운데 서서 신호등이 바뀌기를 기다리고 있던 어느 여름날 퇴근 무렵의 일이다. 저녁이 되어도 더위는 좀처럼 사그라들지 않아, 신호등에 서 있던 사람들은 찡그린 표정으로 손바닥 부채를 부치며 더위를 쫓고 있었다. 39도를 기록하는 폭염에 나는 왜 머리를 풀어헤쳤으며, 손목에 팔찌처럼 항상 차고 다니던 검정 고무줄도 그날은 왜 없었는지 모르겠다. 목덜미에 흘러내리는 땀을 식히려고 긴 머리를 손에 쥐고 부채처럼 부치고 있는데, 갑자기 뒤통수에 돌덩이가 날아온 듯한 느낌을 받았다. 딱!!!!! 이건 분명 내 머리통에서 난 소리였다. 다른 사람들에게도 크게 들렸을 정도로 큰 소리가 났다. 난데없는 가격에 눈은 튀어나올 것만 같았고 머릿속이 계속 웅웅 울렸다. 그러나 그게 끝이 아니었다. 곧바로 누군가의 손에 내 긴 머리까지 당겨졌다.

"드디어 잡았네! 너 이 근처에서 누가 봤다고 전화해서 내가 지금 바로 달려온 거야!"

신호등이 바뀌었지만 사람들은 움직일 생각을 하지 않고 나를 쳐다봤다. 누가, 왜, 나를 때리고, 머리채까지 쥐어 잡은 거지? 영문을 모르는 나는 눈빛으로 주변 사람들에게 도움을 요청했다.

어느 행인의 도움으로 알 수 없는 사람의 손아귀에서 난 가까스로 벗어날 수 있었다. 머리를 가다듬고 고개를 돌려보니 모르는 사람이었다.

"누구세요? 저 아세요? 저한테 왜 이러시는 거예요?"라고 따지려는 순간, 내 말이 다 끝나기도 전에 그녀가 정색했다.

"어머머머머~ 이걸 어떻게 해요. 어머머머머~ 제가 사람을 잘못 봤습니다. 어머머머머~ 너무 죄송해요. 뒷모습이랑 옷 입은 것까지 너무 닮아서 착각했어요. 죄송합니다. 진짜 죄송합니다. 어머머머머~ 어떻게 하죠?"

뒷모습이 닮았다고 광화문 광장 한가운데에서 뒤통수 얻어맞는 일이 생길 줄이야….

뒤통수에도 얼굴을 그리고 다녀야 할까?

아픈 건 둘째치고 졸지에 동물원 원숭이처럼 사람들의 구경거리가 되었던 순간. 덕분에 더위는 잊었지만 그녀의 얼굴은 지금도 잊을 수가 없다.

#미친거아냐 #오늘나한테왜이래
#뒤통수조심 #뒤통수싱크로율100프로
#집나간따님돌아오세요
#사과해도늦었어
#뒤통수때리고싶은사람이있을때써먹자
#인생이시트콤
#어머머머_내가할소리

또 중국 출장 이야기. 잔디밭에 앉아 갈증이나 좀 풀고 갈까 싶어 출장에 동행한 사람들과 동네 슈퍼마켓에서 칭다오 맥주와 마른안주를 샀다. 계산대 옆에 반짝거리는 은박 돗자리가 한국 돈으로 천 원 정도 하길래 그것도 함께 담았다. 잔디밭에 모여 은박 돗자리를 펼치는데 전기선이 함께 나왔다. 전기선은 사지 않았는데 뭘까? 알고 보니 은박 돗자리가 아니라 전기담요였다. 천 원짜리 전기담요!

#대륙의실수
#신상전기담요가천원
#자다가감전될지도
#돗자리치고비싸다했더니

...휴, 하마터면 결혼할 뻔했잖아!

책상에 앉아 서류를 보고 있는데 김실장이 내 자리로 왔다.

"…저 부르셨어요?"

"아니, 안 불렀는데?"

김실장은 분명히 자기를 부르는 소리를 들었다고 한다. 알고 보니 내 배에서 나는 소리였다.

오늘따라 물만 마셔도 뱃속에서 자꾸 소리가 난다. 꾸룩꾸룩, 꽈르륵. 언뜻 잘못 들으면 '김실자앙~~~~' 하는 소리처럼 들리기도 한다. 운동 부족인지 장이 용을 쓴다, 용을 써. 뱃속에 새로운 비서 한 명이 생긴 것 같다.

P.S. 뱃속의 장이 말하는 것 중 알아들은 문장 하나 추가하자면,
　　"구름이 까매."

🖤 #내속에비서있다 #용트름
#장운동활발한오늘 #불러도대답하지마

생각할수록 지난 수요일 밤에 있었던 일은 아찔하고 황당하다. 야근하며 일하는 중 갑자기 머리 정수리에 뭔가 푸다닥 하면서 쏟아져 내렸다.

순간 이게 무슨 상황인가 했는데 목덜미와 머리, 키보드 위로 물을 잔뜩 머금은 천장 패널이 떨어져 있었다. 차가운 느낌 때문에 죽은 고양이나 동물 사체가 아닌가 싶어 소스라치게 놀랐는데 다행히도 그건 아니었다. 그래도 심장은 벌렁거렸다. 폭우가 내리긴 했지만 우리 회사는 3층이고, 천장에 물이 샐 이유가 없는데. 이건 뭐지? 그도 그렇고 40평짜리 사무실에서 그 많은 패널 중 내 책상 바로 위에 있는 패널이 떨어질 건 뭐람. (누가 내 머리 위에 있는 천장에 물통이라도 올려둔 거 아님?)

건너편에 앉아 있던 한팀장은 처음에는 놀라서 달려와 놓고는 석면을 뒤집어쓴 내 모양새가 우스꽝스러웠는지 별일이라며 깔깔거리며 웃기 시작한다. (웃냐? 웃음이 나오냐?)

석면과 석고 소재 때문인지 선인장 가시에 찔린 것처럼 목과 팔이 따끔거렸다. 입었던 옷은 모두 흰색으로 얼룩져 있었다. 털어

낼수록 따가워서 집에서 샤워를 네 번이나 해야 했다.

천장을 쳐다보며 일할 수도 없고…. 폭우가 내리는 날에는 헬멧이라도 쓰고 일해야 하나 싶다.

#한번씩천장을보세요
#헬멧이필요해 #미녀는석면을좋아해
#왜나한테만 #인생이시트콤

생각하는 대로 보여요

어떻게 생각하느냐에 따라 같은 것도 다르게 볼 수 있다는 것을
또 한 번 경험한 날.
오늘따라 더 어둡게 느껴지는 회사 화장실.
옆 칸에 분명 아무도 없었는데, 발밑으로 옆 칸에서 그림자가 왔
다 갔다 하는 게 보였다.
소리를 죽여 봤지만 인기척은 느껴지지 않았다.
그러나 계속 흔들리는 그림자….

얼마 전 여자 화장실에 숨어서 옆 칸을 몰래 훔쳐보다가 걸린 이
상한 남자가 또 등장한 게 아닐까 하는 생각이 문득 들었다.
얼른 일어나 나와보니 옆 칸의 문은 그대로 열려 있고 그 안에는
아무도 없었다.
화장실 문을 열고 그림자의 정체를 확인해봤다.
내 발밑으로 보이던 움직이는 그림자는 바로…
바람에 흔들리던 두루마리 휴지였다. TT

 . . . 휴, 하마터면 결혼할 뻔했잖아!

 #공포란스스로만드는것
#혼자탄엘리베이터에서도소리가날때가있다
#내뒤에귀신이있나
#어깨통증은귀신이어깨위에서있기때문이라는미신

나한테 왜 이래

카카오 택시로 부른 택시 기사님, 길 잘못 찾아서 15분을 기다리게 하더니 승차하자마자 화를 내며 큰 소리로 내비게이션 욕을 쏟아내신다. 앞을 가로막는 차들에게도 빵빵거리며 욕을 하고, 앞차를 박을 것처럼 급브레이크도 수십 번.

이번에는 휴대폰 배터리가 나갔다고, 왜 충전이 안 되냐고 휴대폰만 계속 들여다본다. 내게 휴대폰을 주며 뭐가 문제인지 봐달라고 한다. 전원을 다시 연결해 보시라고 했더니 시거잭이 빠져 있었다며 또 욕을 하신다. 욕하다 말고 창문 열고 가래를 뱉기도 한다. 차라리 내가 대신 운전하는 게 낫겠다.

늦지 않으려고 택시 탔는데, 택시 때문에 미팅에 늦었다.

🖤 #오늘따라왜이러지 #택시운도없는날
#버스탈걸그랬어 #오늘은뭐든조심하자
#택시기사님다음에는만나지말아요

· · · 휴, 하마터면 결혼할 뻔했잖아!

꿈이냐 생시냐

딸꾹질하는 꿈을 꿨는데, 눈을 뜨니 실제로 내가 딸꾹질을 하고 있다. 자다가 딸꾹질 때문에 깨다니 별일이 다 있다.

새벽 4시, 벌써 1시간째 딸꾹질이 멈추지 않는다. 한밤에 딸꾹질 쇼라니! 네이버에서 딸꾹질 멈추는 방법을 검색해 순서대로 다 해보는 중이다. 이번에는 숨 참기를 반복하고 있는데, 이러다 숨이 막혀 죽을지도 모르겠다.

❤️ #안그래도불면증인데
#한밤에딸꾹질 #꿈에서뭘했길래
#인생이시트콤 #다크서클등장

천만 원이 퀵으로 도착한 날

사무실에 퀵 배달로 박스가 하나 도착했다. 박스를 열어보니 5만 원 권으로 천만 원이 들어있다. 보낸 사람도 없고, 왜 보냈는지도 몰라서 일단 경찰서에 신고했다. 며칠 후 밝혀진 의문의 돈박스는 오토바이 퀵 기사님의 오 배달 사고였다. 우리가 받아야 할 퀵과 돈 박스가 서로 뒤바뀐 거였다. 주인이 경찰서에 연락해 박스를 찾아갔다고 한다. 그런데 우리가 받아야 할 제품 박스는 왜 안 보내주는 걸까?

💬 #돈이무섭기는처음
#냄새나는돈 #천만원을퀵으로보내다니
#인터넷뱅킹은뭐하고

. . . 휴, 하마터면 결혼할 뻔했잖아!

넌 누구니?

퇴근 후 집에 돌아와 옷 갈아입으려고 불을 켰다가 풍선 때문에 깜짝 놀랐다. 순간 사람인 줄 알고 소리 지를 뻔했다. 어제 카카오 풍선 들고 혼자 셀카놀이 하다 여기에다 꽂아뒀었나 보다.

💬 #깜짝이야 #하필이면그표정이냐
#너도놀랐냐 #불청객

머리가 타고 있어요

퇴근하던 후배 몇 명을 데리고 동대문에 있는 〈닭한마리 칼국수〉
에 저녁 먹으러 갔다가 머리 다 태울 뻔한 웃픈 이야기.

테이블 한가운데에서 가스 불에 끓고 있는 냄비의 열기가 선풍기
바람에 내 쪽으로 오면서 순식간에 앞머리가 "지지직" 소리와 함
께 연기를 내며 타기 시작했다. 그것도 모르고 고개를 숙이고 열
심히 닭을 건져 먹고 있던 나는 마주 앉아 있던 후배들이 비명을
지르는 바람에 고개를 들었다. 그땐 이미 내 앞머리 일부가 재가
되어 테이블 위로 떨어지고 있었다.

상황을 모르는 나는 멀뚱멀뚱 후배들을 쳐다봤다. 한 명은 깔깔
대고 웃기 시작했고, 한 명은 놀란 토끼 눈을 하고 얼음이 돼 있
고, 한 명은 내 표정을 살피고 있었다. 저녁 먹다가 순식간에 아
수라장이 된 테이블. 후배 얘기로는 앞머리 1/3 정도가 갈색 재로
변해서 순간 꽃이 핀 것처럼 보였다고 했다.

다행히도 앞머리 겉 부분만 일부 그을려 툭툭 털어냈더니 티는

. . . 휴, 하마터면 결혼할 뻔했잖아!

많이 나지 않았다. 그래도 하마터면 몇 초 만에 영구 될 뻔했다. 넷이 먹다 한 사람의 머리가 다 타버려도 모를 닭 한 마리 칼국수 여, 오늘의 위험천만했던 사고를 절대 잊지 않겠도다.

♥ #실화냐 #실화다
#눈썹안태운건천만다행
#웃은사람손들어 #네가먹은건네가계산해라
#웃음이나오냐 #뒤끝작렬
#머리가타고있어요

▶ 헤어컷

아우~ 피곤해!

서른도 안 된 LG 신입사원 꼬꼬마가 페이스북으로 트윈스 팬 운
운하며 자꾸 쪽지를 보내길래 이렇게 답변했다. 그랬더니 그 후
로 답이 없다.

... 휴. 하마터면 결혼할 뻔했잖아!

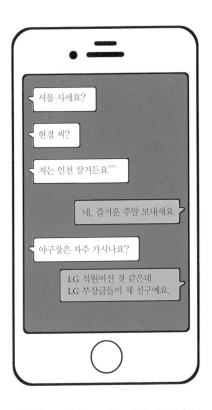

💬 #작업그만 #야구만보세요
#너LG트윈스우승본적있니
#난야구장에서LG트윈스우승직접본사람이야
#무적엘지 #MBC청룡일때부터팬이야

어차피 또 예쁠 건데
한 살 더 먹으면 좀 어때?

몸에게 미안해

오늘 하루 참 잘했어요.

그런데 내 몸에게는 사과합니다.

피곤하고 힘들게 해서 미안합니다.

내 몸아… 주인 잘못 만났어요.

미팅도, 밤늦게 끝난 강의도 참 잘했어요.

그런데 오늘 또 밤샐지 모르니 내 몸에게 사과합니다. 미안해요.

#사과 #철야 #워커홀릭
#피로 #쩔어 #쉬고싶다
#고기로보상해줄게
#뇌비게이션 #몸이개고생

연차

오늘따라 아침에 눈 뜨자마자 침대에 누워서 바라보는 천장이 낯설기만 하다. 천장 속으로 빨려 들어갈 것만 같다. 현기증 난다. 저혈압 때문일까?

"아, 어지러워."

"모든 증상의 원인은 대부분 스트레스래요. 충분한 휴식이 필요한 듯해요."

클로바가 갑자기 대답한다. 빙글빙글 도는 천장을 뚫고 앨리스처럼 나도 이상한 나라로 온 것이 아닐까 하고 잠깐 생각해봤다.

'셀프토닥토닥'이라고 SNS에 해시태그를 쓰는 것보다 더 많은 위로가 되는 인공지능 스피커의 한마디에 오늘은 그냥 쉬기로 했다.

#휴식이필요해 #클로바가쉬라고했어
#기특한녀석 #회사가기싫은병
#꾀병 #연차는많아요
#몸 #휴식 #위로 #셀프토닥토닥

. . . 휴, 하마터면 결혼할 뻔했잖아!

"너 왜 눈을 그렇게 뜨니?"
당혹스러운 질문이다. 그럼 어떻게 떠야 할까?
눈 뜨는 걸로 시비야!

#내눈이어때서 #지적질사절
#벌게다미운갑다
#동그랗게말고네모나게 #수술해야하나
#성형고민 #성형핑계

잊지 말자, 물!

배가 고플 때는 물을 먼저 마셔보라고 했어. 갈증과 배고픔을 뇌가 똑같이 인식한다고 했었지. 물 대신 자꾸 분식을 먹으니 살이 찌는 거지. 자꾸 돼지가 되어 가는 건 갈증과 허기를 구분하지 못하기 때문이야.

#멍청해서살이찌나봐
#우선물부터마셔
#물배채우자 #물다이어트

...휴, 하마터면 결혼할 뻔했잖아!

내 몸이 얼마나 말을 안 듣는지 골프를 쳐보고서야 알았다.

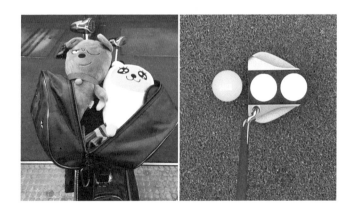

#드라이버_한글로왜이러지
#아이언_한글로이게아닌데
#골프신동좋아하네 #몸치 #몸으로하는거다못함

동안의 비결

왜 나날이 더 어려지는 거냐며, 동안 비결이 뭐냐고 사람들이 자주 묻는다. 그럴 때마다 피부과에 수백만 원 쏟아붓는다는 말은 못 하고 MSG가 많이 들어있는 인스턴트 식품을 많이 먹어서라고 대답한다. 안 늙는 건, 몸속에 들어가는 방부제 때문이라고. 물론 라면을 비롯한 즉석식품들을 주로 먹기도 하지만 그것만으로 동안이 되지는 않더라. 결국 시술의 힘이 아닐까. 아니, 돈의 힘이다.

#빈말로하는덕담인데믿는거냐
#SNS사진은믿지마 #뽀샵앱이성형도해줘
#방부제효과 #피부과만세
#지갑째 #드리겠습니다

. . . 휴, 하마터면 결혼할 뻔했잖아!

동안의 비결

생일 축하 대신에

달걀 한 판이라는 서른을 넘기면서부터 생일이 덜 반가워졌다. '잘 태어났어', '태어나줘서 고마워'라는 말보다 더 듣기 좋은 말이 없을까 했는데, 친구 미은이가 생일 축하 문자로 보내온 글에서 나도 힌트를 얻었다. 이제 '생일 축하해' 대신 이 말을 해줘야겠다.

"어차피 또 예쁠 건데 한 살 더 먹으면 좀 어때."

 #나도알아 #하나마나한소리
#말안해도알지 #품앗이덕담
#우리끼리만주고받자

. . . 휴, 하마터면 결혼할 뻔했잖아!

다이어트

인스턴트 음식을 먹고 찌운 살을 비싼 돈을 내며 갖가지 방법으로 다이어트 하는 나를 되돌아본다. 그러다 체중을 줄이는 것보다 내게 더 시급한 다이어트는 '사람 다이어트'라는 생각을 하게 됐다. 한 번씩 당하고 나서야 정신 차리지 말고 인스턴트 같은 사람을 멀리하면서 지혜롭게 사람 다이어트를 시작해야겠다고. 내 시간을 소중한 사람들을 위해 더 많이 쓸 수 있도록 오늘부터 다이어트 시작!

#가난한식습관 #사치스러운다이어트
#그래도MSG덕분에동안유지하는거아닌가

나를 위한 식사

비가 온다는 친구 태연이의 카톡 소리에 잠이 깼다. 뜨거운 물 한 잔을 마시며 거실 창문을 열고 비를 보고 있자니 오랜만에 밥을 해 먹고 싶다는 생각이 들었다. 햇반이 있지만 오늘은 밥을 해 먹고 싶었다.

전기밥솥 대신 냄비에 물을 부어 씻은 쌀을 넣고 끓이기 시작했다. 보글보글, 피식피식하며 하얀 김을 내뿜으며 밥이 되어가고 있었다. 고소한 냄새와 따뜻한 수증기로 거실 전체가 따뜻해졌다. 뜸을 들이는 동안 반찬을 꺼내고 달걀찜을 하고, 밥상을 차리기까지 불과 20분도 채 안 걸렸다.

식사 후 커피 한 잔을 내려야겠다. 커피도 모카포트에 끓여서 에스프레소를 만들어야겠다.

비 오는 휴일에는 슬로우 다운… 슬로우 다운….

💬 #slowdown #날위한시간 #집밥
#어제까지철야
#비오는휴일의여유 #얼마만인가
#이게진정한행복 #달콤한휴식
#비냄새 #밥냄새 #커피냄새 #놀러와
#밥냄새나는향수가나왔으면
#밥은데우는것이아니라짓는것

누가 기준일까?

얼굴에 마스크팩을 붙이다 보면 누구 얼굴을 기준으로 눈코입을 뚫었을까 하는 궁금증이 생긴다. 가장 표준형에 가까운 얼굴에 맞춰 제작했을 텐데 난 한 번도 내 얼굴에 딱 맞는 마스크팩을 본 적이 없다.

1. 내 이마가 넓긴 하지만, 이마의 1/3은 늘 마스크팩이 부족해 가려지지 않는다.
2. 눈코입 구멍대로 내 얼굴을 맞추면 어느 것 하나는 위치가 잘 안 맞는다.
3. 그런데 비싼 마스크팩일수록 내 얼굴형과는 더 안 맞는다. 그나마 이마 빼고는 그냥저냥 맞는 2천 원짜리 마스크팩으로. 난 싼 게 어울리는 얼굴인 건가. 이마는 좀 더 넓게 해주면 안 되나? 쩝.

#피부관리도힘들다 #싼게맞는체질
#그냥두장쓰자 #피부미인이되고싶다 #나름계란형인데

. . . 휴, 하마터면 결혼할 뻔했잖아!

혼술

혼자 맥주 한 잔 해야겠다 싶어 냉장고를 열어보니 며칠 전 사온 소시지가 있었다. 프라이팬에 소시지를 굽다가 혼자서 하트놀이 소꿉놀이에 빠졌다.
하트 소시지에 맥주 한잔, 오늘은 혼술도 즐겁다.

#10분만에뚝딱 #혼술도예쁘게
#하트중독 #안주전문요리사
#다이어트는내일부터

왜 이렇게 빨리 먹고 있지?

"우리 왜 이렇게 빨리 먹고 있지? 아우, 숨차. 천천히 먹자!"

누가 더 빨리 먹나 내기라도 하듯 가열차게 먹는 식습관은 정말 고쳐지지 않는다. 붐비는 점심시간에 남들보다 먼저 뛰어서 식당에 들어가 가장 빨리 나오는 메뉴를 주문하고, 10분 만에 먹고 나와도 커피 한잔을 여유 있게 마실 수 없을 만큼 점심시간은 늘 간당간당하다.

하루 근무 시간은 길게만 느껴지는데, 점심시간은 왜 그리 짧기만 한지 늘 허겁지겁 밥을 먹어야 한다. 이게 습관이 되어서 휴일에도, 집에서 여유 있게 혼자 밥을 먹어도 누가 쫓아오는 것처럼 허겁지겁 먹게 된다. 밥을 급하게 먹다가 숨이 차면 그제야 깨닫곤 한다. 왜 이렇게 급하게 먹어야 하지?

"천천히, 꼭꼭 씹어서 먹으라"는 부모님 말씀을 아직도 못 지키며 살고 있다.

♥️ #빨리먹기대회하냐
#정신차리고보니허겁지겁
#천천히꼭꼭씹어먹자
#점심시간이90분이어야하는이유
#가끔은안씹고삼킨대

뷔페와 사발면 사이

배가 고프지 않아서 간단하게 먹고 싶어도 직원들과 함께 식사해야 할 때는 사발면 먹자는 말을 못하겠다. 밥 사주는 걸 아깝게 생각하는 사람으로 오해할까 봐 직원들과 함께 식사할 때는 배가 안 고파도 푸짐하게 먹을 수 있는 곳으로 가게 된다. 중국집 가서도 각자 식사 메뉴 한 가지씩 고른 뒤, 요리 한두 가지도 추가해야 할 것만 같다. 그래서 자주 음식을 남기거나, 직원들이 살이 찌게 되거나 둘 중 하나다.

한솥밥 먹는 식구들이라고 하니 한솥씩은 먹여야지 하는 생각 때문에 자꾸 뭔가를 먹이게 된다. 그래서인지 내가 먹는 걸 좋아한다고 생각하는 사람들이 많다. 그러나 정작 집에 있는 먹을거리라고는 오래 보관할 수 있는 라면과 사발면, 햇반, 냉동 떡볶이뿐이다.

밖에서는 직원들과 호텔 뷔페를 먹으면서, 집에서는 컵밥이나 사발면이 전부라니….

. . . 휴. 하마터면 결혼할 뻔했잖아!

♥ #현실은궁상 #회식없으면영양실조될판
#내몸은MSG집합소
#집에서도제대로된집밥을먹고싶다
#마음뿐 #내몸의인스턴트

떡볶이는 나를 힘들게 하거나
나를 답답하게 하지 않으니까.

심야갈등

치맥은 끊을 수가 없어. 너는 왜 밤이면 생각나는 거니?

#한밤중치맥기습 #먹어본맛이야포기해
#나도모르게이미주문
#맛있게먹으면제로칼로리
#배달앱VVIP #1일1닭
#밤이면밤마다

스트라이프 중독

〈플레이스 캠프 제주〉호텔에 비치돼있는 스트라이프 디자인 소
화기에 반해서 구석에 쭈그리고 앉아 한참을 봤다. 가져가고 싶
네. 별게 다 욕심.

❤️ #스트라이프중독자 #감빵생활체험부작용
#감빵생활희망자 #줄무늬욕망녀
#가로세로안가림 #갖고싶다 #도벽아님
#잡았다요놈 #전생에빠삐용

. . . 휴, 하마터면 결혼할 뻔했잖아!

소원

소원이 뭐냐고 물으면 로또 1등에 당첨되는 거라고 말하는 사람이 있다. 그런데 그가 로또를 사는 걸 한 번도 본 적이 없다.

#나는소원을이루기위해노력하고있는가
#로또복권을선물해줘야하나
#노력하지않고얻으려하지말자
#횡재가소원

새벽 4시의 유혹

불면증으로 자다 깨다 자다 깨다를 반복하다 새벽 4시에 일어났다. 출근하기에는 너무 이른 시간이라 따뜻한 차 한 잔을 마시며 날이 밝기만을 기다렸다. 찻잔이 다 비워지자 출출해졌다. 먹을까 말까, 먹을까 말까. 작은 사발면 하나를 무심코 뜯었다. 뜨거운 물을 붓고 3분을 기다렸다 뚜껑을 열었다. 웃음이 빵!!! 생각지도 못했던 호빵맨들이 아침부터 사발면 속에서 방긋 웃으며 인사한다.

이를 어쩐다, 호빵맨을 뱃속에 넣자니 뭔가 마음이 편치 않네.

💬 #새벽4시 #불면증 #유혹
#간헐적단식다이어트실패
#3분의유혹 #세상긴시간 #미안해호빵맨
#난잔인한여자 #내일부터다이어트

가로수길에 〈메종키츠네〉 매장과 카페가 생겼는데 오늘 가오픈을 한단다. 점심 먹고 커피는 메종키츠네 카페에서 마시자고 직원들을 단체로 끌고 가로수길로 갔다. 편집숍 〈ILMO〉 아웃렛이 있던 자리에 새로 생긴 메종키츠네 매장은 발 디딜 틈이 없을 만큼 손님들로 꽉 차 있었다.

매장 안을 대충 훑어본 뒤, 테이크아웃으로 커피 한 잔씩 사 들고, 매장 앞에서 인증샷을 찍고, 인스타그램에 올린 후 종종걸음으로 사무실에 복귀했다. 일단 내 눈으로 직접 보고 왔다는 것이 중요하니까.

#인스타그램리포터냐
#밥보다비싼커피값
#누굴위한방문일까
#메종키츠네사장님과1도아는사이아님

. . . 휴, 하마터면 결혼할 뻔했잖아!

내가 만들고 싶은 제품

1. 보디 세탁기: 옷만 벗고 들어가면 화장 지우는 것부터 자동으로 머리부터 발끝까지 깨끗하게 세척 해주고 머리까지 말려주는 기계.

2. 임금님 귀는 당나귀 귀: 아무에게도 말할 수 없는 얘기나 다른 사람에 대한 흉이나 욕을 맘껏 소리 지르며 말할 수 있는 기계. 두루마리 휴지처럼 생겨서 입만 갖다 대고 말하면 되는데, 방음장치가 완벽하게 되어 있어야 함. 그래서 사무실 자리에 앉아서도 이 기계에 입을 넣고 소리를 질러도 옆 사람은 들을 수 없어야 함.

#아무나만들어주세요
#크라우드펀딩
#창업아이템 #귀차니즘

좋아하는 것을
과감히 끊을 수 있는 노하우

"억지로 무언가를 끊거나 멀리하려면 어떻게 해야 할까요? 예를 들어 담배를 끊거나 술을 끊거나 좋아하는 여자를 잊어야 할 때처럼요."

후배가 내게 물었다. 방법을 알려줬다.

"내가 아주 싫어하는 것이라고 생각하면 돼. 담배를 끊으려면 담배가 싫다고 생각하면서 결국 담배를 싫어해야 해. 사람도 마찬가지야. 내가 좋아하는 사람이라고 해도 마음을 접어야 하는 사람이라면 그 사람이 싫다고 생각해봐. 그럼 좋아하던 마음도 차츰 사라져."

이렇게 대답했더니 또 묻는다.

"그럼 대표님은 떡볶이를 끊어야겠다고 생각할 때 떡볶이가 싫다고 생각하시는 거예요? 일종의 자기 최면을 거는 건가요?"

내가 가장 좋아하는 음식을 예로 들다니 순간 당황했다.

"난 떡볶이를 끊을 생각이 없으니까 떡볶이가 싫다는 생각을 아예 안 하지. ^^ 좋아하던 사람은 싫어질 수 있지만 떡볶이는 한 번도 싫어진 적이 없어. 그리고 떡볶이는 나를 힘들게 하거나 나를 답답하게 하지는 않으니까."

대답하고 나니 내가 사람보다 떡볶이를 더 좋아하는 것처럼 보일
지도 모르겠다는 생각이 든다.

#사람보다떡볶이
#싫어한다고생각할것
#이별에대처하는자세

하지않으면안 될 것들은 깨끗이 잊고,
하고싶은 것들을 찾아 나서자.
아직 시간은 충분하다.

가는 곳이 길이야

여행 가면 지도를 잘 안 보던 나. 요즘은 내가 지도상의 어디쯤 있는지 확인하곤 한다.

내가 있는 여기는 베를린의 어디쯤인가?

나는 어디로 가고 있나?

#나를찾아줘 #인스타그램위치체크인
#여행 #길치

언제쯤 내 마음은
하늘처럼 깊고도 잔잔하게,
모든 걸 다 품어 안을 수 있을 만큼
넓고 깊어질까.

아무 생각 안 들도록
혹독하게 추워졌으면 좋겠다.
따뜻해졌으면 좋겠다는
생각만 할 수 있게.

오직 그 생각만으로
모든 잡념을 떨쳐버릴 수 있게.

감정은 잊은 채
마음은 외면한 채
나만 생각할 수 있게.

 ··· 휴, 하마터면 결혼할 뻔했잖아!

♥ #사춘기 #40대 #나만이런가
#사춘기의10배가사십춘기다
#젊지도늙지도않은 #어중간 #낀세대
#내생각으로만집중할수있었으면
#오직나만생각했으면
#철은언제들까 #잡념 #감정

쓸데없는 생각

나는 어디에 존재하는 것일까? 나라는 단어에 존재하는 것일까, 아니면 머릿속에 존재하는 것일까? 그것도 아니면 마음속에 존재하는 것일까? 나, 내가 어디에 있는지 모르겠다.

♥ #미친거아냐 #분열증시작인가
#누군가의마음속에존재했으면
#방황

... 휴, 하마터면 결혼할 뻔했잖아!

슬럼프

성숙한 어른이고 싶다. 공정한 사람이고 싶다.

화를 낼 때는 화가 나게 한 그 대상을 향해 내야 하는데, 자꾸 엄한 곳에 표출한다. 그 화가 나 자신을 향할 때 깊은 슬럼프가 찾아온다.

#엄한데화풀이 #괜한데짜증
#나를해치고싶다 #슬럼프
#표적찾기 #우울 #내가밉다

대답 없는 질문만 무한 반복

미혼이고 애도 없는데 결혼과 육아에 대한 스트레스는 왜 나날이
심해지는 걸까?
혼자만 제출하지 못한 과제라는 생각 때문일까? 가보지 않은 길
에 대한 두려움 때문일까? 나는 과연 할 수 있고, 하게 되는 일일
까? 용하다는 점쟁이에게 물어봐도 명쾌하게 답을 들을 수 없는
결혼과 육아 고민.
TV로 남의 결혼 생활과 육아를 관음증 환자처럼 낄낄대며 구경
이나 하고 있는 나를 보고 있을 때면 한숨이 절로 난다.
나는 할 수 있을까? 나는 하고 싶은가? 내가 하게 될 일인가? 대
답 없는 질문만 스스로 무한 반복 던지며 TV를 껐다 켰다 반복하
는 오늘이다.

❤️ #결혼과육아를TV가대신해줘도
#난자를냉동보관해야할까 #헐값에매물나왔어요
#내생각이중요한데 #나도나를모르겠다

... 휴, 이마터면 결혼할 뻔했잖아!

혼자 놀기

혼자 있는 시간을 어떻게 보내야 할지 모르겠어서 집 근처 카페에 앉아서 시간을 보내는 일이 허다하다. 다른 사람들은 혼자 있을 때 어떻게 보내는지 궁금해 카페에 앉아 '#혼자놀기', '#혼자' 등의 태그를 검색해보면 모두 셀카 사진 뿐이다. 혼자서는 혼자 사진 찍고 노는 거였다. 나처럼.

#셀카사진이많은이유 #뽀샵능력만상승중
#그렇다고누굴만나고싶지는않아요
#혼자가좋지만심심해
#혼자서도심심하지않은방법알려주세요
#혼자있는시간

▶ 식전의식

엄마가 필요한 나이

엄마를 등 뒤에 세워두고 서울로 출발했다. 점점 멀어지면서 작게 보이는 엄마 모습이 백미러로 보였다.

난 창을 열고 손을 흔들며 천천히 움직였고, 엄마도 계속 손을 흔들며 멀어져가는 나를 뒤에서 바라보셨다.

엄마와 내가 함께 할 수 있는 시간은 얼마나 남아있을까. 건강하시다가도 아빠처럼 어느 날 갑자기 내 곁을 떠나시지는 않을까. 어쩌면 내가 생각하고 있는 시간보다 훨씬 더 적게 남아있을지도 모른다는 생각이 들자 마음 한편이 먹먹해졌다.

아무리 잘해드려도 나중에는 후회하게 될 텐데 내 곁에 계실 때 정말 잘해드려야겠다고 다짐 또 다짐했던 시간.

잊지 말자. 내게도 엄마가 있다는 것을. 그리고 여전히 난 엄마가 필요한 나이라는 것을.

#나의베프 #나의뿌리 #엄마 #엄마가필요해
#엄마와함께할수있는시간 #얼마나남았을까 #사랑해요

... 휴, 하마터면 결혼할 뻔했잖아!

간헐적 카톡 단식 중

"왜 카톡 안 읽니?"

안 읽는 것을 알면서도 계속 보내는 이유가 뭘까? 계속 카톡 소리가 나게 해서 메시지를 읽게 하기 위해서일까?

주말 휴식시간을 방해받고 싶지 않을 때, 상대방이 오해하지 않도록 나는 카톡 대화명을 이렇게 바꿔놓기 시작했다.

'인터넷 중독 예방을 위해 간헐적 카톡 단식 중입니다.'

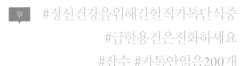 #정신건강을위해간헐적카톡단식중
#급한용건은전화하세요
#잔소 #카톡안읽음200개

스무 살처럼 살면 어때?

자주 가는 쇼핑몰 URL 좀 공유해 달라는 부탁을 종종 받는다. 난 XX, 업XXX, 모XXXX, 스XXXX, 임XX, 디XXXX, 심XXXX 등 즐겨찾기 목록을 기껏 공유해줬더니 20대들이 주로 가는 쇼핑몰이 아니냐며, 여기에서 옷을 사도 괜찮냐고 묻는다.

20대들이 가는 쇼핑몰에서는 20대만 옷을 사야 할까? 50대는 50대 쇼핑몰을 찾아 가야 하고, 60대도 60대 쇼핑몰에서 구매해야 하는 것일까?

20대 쇼핑몰에서 옷을 사 입으면 20대처럼 보일 거라고 생각해서냐고 또 묻는다. 그리고 덧붙인다.

"나이가 몇인데… 스무 살처럼 살아도 괜찮겠어?"

괜찮지 않을 건 또 뭐지? 옷에 스무 살이라고 쓰여 있기라도 한건가? 나이별로 입어야 할 옷이 따로 있는 것일까?

#부러우면지는거야 #부러우면부럽다고해
#옷에도나이가있나요 #한대때릴까
#말하지말걸그랬어
#패션에나이가어디있어
#맘대로입을래

해가 거듭될수록 스멀스멀 밀려오는 나이에 대한 압박감. '서른에 하지 않으면 안 되는 것들', '마흔에 꼭 해야 하는 버킷리스트'와 같은 글을 읽으면 절망감과 박탈감만 가중된다. 결혼하고, 아이 낳고, 새로운 가정을 꾸려 매년 변화하는 삶을 살고 있는 친구들을 보면 내 삶의 방식은 옳은 것인가 되돌아보게 된다. 1년 전이나 지금이나 달라진 거라고는 몇백만 원 오른 연봉 정도랄까.

이렇게 살아도 괜찮은가? 언제까지 이렇게 싱글로 살 것인가? 자석처럼 침대에 붙어서 무료하게 주말을 보낸 것도 한두 번이 아니다. 내 삶에 변화를 줘야 할 텐데, 그러기 위해서는 무엇이라도 새롭게 도전해 봐야 할 텐데, 생각만큼 몸이 따라주지 않는다. 이대로 독거노인이 되는 것이 아닐까, 아니 이미 독거노인처럼 사는 방식에 익숙해져 있는 것은 아닐까, 더 이상 희망은 없는 것일까 두려움이 밀려오기도 한다.

100세 시대를 24시간으로 환산해 보면 지금 내 나이는 오전 11시쯤이 될 거다. 오전 11시, 아직 점심시간도 지나지 않았다. 주말이면 늦잠 자고 겨우 침대에서 나올 시간일지도 모른다.

많은 사람들이 새롭게 시작하기에는 늦은 나이가 아니냐고 말한다. 늦었다고 생각할 때는 정말 늦은 거라는 얘기도 있지만, 늦었다는 기준을 어디에 둔 것인지를 생각해 보면 대부분 타인의 시각 기준이다.

오전 11시면 오늘 누구를 만나 뭘 할 것인지 계획을 세운다고 해도 늦지 않은 시간이다. '하지 않으면 안 될 것들'은 깨끗이 잊고, '하고 싶은 것들'을 찾아 나서자. 아직 시간은 충분하다.

♡ #당신의나이는몇시인가요
#slowdown #네멋대로살아라 #시간은충분하다

어디까지 가봤니?

"다음 주 목요일, 홍콩 비행기 왕복 티켓 대한항공 30만 원대로 나왔다. 심지어 아트 바젤 기간이야. 가자!"

당연히 가야지! 인생 뭐 없다.

항공권과 호텔 예약까지 마치고 나는 일주일 뒤 스케줄을 조정하기 시작했다. 앞당길 것은 앞당기고 며칠 뒤로 미룰 수 있는 것은 미루고, 내가 꼭 없어도 되는 미팅은 팀장과 실무진들만 참석하는 것으로 초스피드로 조정했다.

그리고 스케줄에 넣었다.

26~29일 홍콩 출장.

'내가 자유로워지지 못할 이유가 뭐야. 삶에 대해 좀 가볍게 생각하자. 훌쩍 떠날 수도 있는 거지. 그게 싱글인 나만이 할 수 있는 일이잖아. 이런 특권은 썩히지 말고 맘껏 누려야지.'

나는 다음 주 여행을 기다리며 오늘도 행복하게 야근을 한다.

. . . 휴, 하마터면 결혼할 뻔했잖아!

#떠나고싶을때떠날수있는사람나와봐
#싱글의특권
#땡처리항공권은나를위한 것

#사진

150 - 151

좀 더 느리게

호텔 풀장에서 말도 느리게 하고 움직임도 느릿느릿한, 아주 차분하고 조용한 젊은 부부를 봤다. 아기도 엄마 아빠를 닮아 조용조용하다.

난 늘 급하고, 누가 따라오기라도 하는 듯 빨리 걷고, 생각하면 바로 행동하고, 뭔가 늘 조급하다. 가끔은 느린 사람들을 보면 갑갑하다는 생각 때문에 스트레스를 받기도 한다.

그런데 가만히 생각해 보니 내가 그들보다 빨리 움직인다고 해서 빨리 움직인 만큼 앞서 가 있는 것도 아니다. 여기저기 부딪히고, 다치고, 기다려야 하는 일이 더 많을 뿐.

느리고 차분한 부부를 보니, 뭔가 안정감이 느껴진다.

나도 좀 느리게 살아야겠다.

#느리게살기 #느림보가되기로하자
#조급증안녕
#휴가지에서만난사람들

... 휴, 하마터면 결혼할 뻔했잖아!

어느 일요일 아침

일주일 동안 총 10시간밖에 못 자고 일했던 적이 있다.

연이어 이어진 밤샘 작업을 끝내고 집으로 돌아와 바로 침대에 쓰러져 잠들었는데, 자고 일어나니 28시간이 지나 있었다.

화장실도 안 가고, 밥도 안 먹고 28시간을 자고 일어나니 하루를 잃어버리고, 하루를 건너뛰었다는 생각에 멍한 기분만 들었다.

그날 이후, 난 잠들기 전에 알람을 맞춰놓는 습관이 생겼다. 주말에도 알람을 맞춰놓고 자야지만 마음이 놓이는 강박증 때문에 오늘도 새벽 4시에 잠들면서 알람을 맞춰놓았다.

눈을 떠보니 아침 10시.

'겨우 6시간밖에 못 자고 일어난 거야?'

알람이 울리기도 전에 먼저 잠에서 깨버려 다시 시계를 맞춰놓고 침대에 누웠다.

눈은 떠지질 않는데, 햇살 때문인지, 바람 때문인지 도무지 다시 잠이 오질 않았다.

새벽에 꾼 꿈이 너무 생생해서였을까?
꿈이었지만 현실처럼 생생했다.
꿈이었지만 냄새까지도 맡을 수 있었다.
꿈이었지만 꿈이라고 생각하고 싶지 않았다.

침대에 누워 한참을 꿈 생각에 젖어있다가
배꼽시계 알람이 울려 어쩔 수 없이 침대에서 일어났다.
머그컵 한가득 토마토를 갈아 마시고,
그걸로도 배가 안 차 결국 핫케이크와 달걀 프라이까지 먹었다.

싱크대에 쌓이는 접시들이 자꾸만 신경이 쓰여
설거지를 해치우고,
환기를 시키고,
세탁기를 돌리고,
청소기를 밀고.
지나치게 조용하고, 무료하고 나른한 일요일을 그렇게 또 보
냈다.
'이것도 나쁘지 않네. 무덤덤한 일상.'

. . . 휴, 하마터면 결혼할 뻔했잖아!

#특별한날 #일상이아니다
#시체놀이가일상
#나도가끔은주부가되고싶다

모든 사람이 원하는 대답을 해줄 수는 없다.
또 그럴 필요도 없다.

소심해

왜 그렇게 마음을 아끼냐구.

미안하다는 말이 아니라 사랑한다는 말을 했어야 했다.

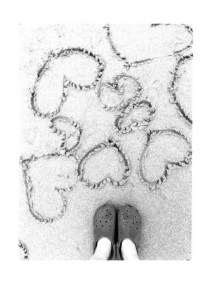

#반성 #또오해하게만들었어

#또헤어짐 #마음도아끼면똥된다

삼귀는 걸까?

삼귀는 단계라는데, 삼귀다는 게 무슨 뜻일까? 알아들은 척했지만 대충 뉘앙스로만 감지했을 뿐 정확한 뜻을 모르겠다. 스마트폰으로 몰래 검색해보니 신조어에 대한 TMI가 내 눈앞에 와르르르 나타났다. 처음 보는 신박한 용어들. '삼귀다'는 그런 거였군. 단어 뜻 물어봤다가는 갑분싸 할 뻔! 그럼 나도 지금 삼귀는 단계에 있는 건가? 번달번줌하긴 했는데….

🖤 #사귀는전단계 #4귀다 #삼귀다
#오귀다는없음 #TMI #번달번줌
#단어뜻물어보면갑분싸
#too_much_information
#번호달라고해서번호줌
#갑자기분위기싸함

내 마음의 내비게이션

문득문득 생각한다.
버스를 기다리고 있을 때,
샤워 후 머리를 말릴 때,
운전할 때,
엘리베이터 안에서,
그리고 잠들기 전에….
내 마음이 어디까지 가 있을까.

#내마음나도몰라 #고백할용기
#마음에도내비게이션이있었으면
#마음은콩밭 #싱숭생숭
#썸남썸녀 #썸탈때

어떻게 사랑해야

어떻게 살아야 행복하게 사는 것일까.
어떻게 사랑해야 그 사람의 마음 밑바닥까지 닿을 수 있는 것일까.
어떻게 말해야 내 진심을 그대로 전달할 수 있을까.
어떻게 행동해야 내 마음 그대로를 보여줄 수 있을까.
마음을 활짝 연다는 것이 어디까지인 것일까.
아직도, 여전히, 도무지 난 모르겠다.

사랑한다고 말할 수 있는 시간과
사랑한다고 말할 수 있는 사람이
지금 곁에 있다는 것만으로도
행복하다고 할 수 있는 것일까?

그렇다면 나는 행복하다.

. . . 휴, 하마터면 결혼할 뻔했잖아!

#10년전일기
#10년전일기가오늘의일기같다
#끝나지않는고민
#10년전의그사람은기억이나지않는다
#누구였을까

"그때 잘해볼 걸 그랬어."

"듣기 좋으라고 하는 소리지? 지금 다시 그때로 돌아간다고 해도 우린 똑같은 결정을 했을 거야."

빈말로 한 얘기가 아니었는데, 마음을 비운 듯 웃으며 담담하게 말하는 그의 대답에 알 수 없는 약간의 서운함이 생겼다.

"정말 그랬을까?"

"조금이라도 내게 마음이 남아있다면 지금 이 순간에 '그때 잘해볼 걸 그랬어'라고 말하지 않았을 거야. 그 말 대신 '다시 나랑 잘해볼래?'라고 물었겠지."

" … "

💬 #소오름 #나보다나를더잘아는너
#말속에마음이있다
#어장관리아닌데 #진심

. . . 휴, 하마터면 결혼할 뻔했잖아!

너는 나에게 과분해

거절하는 것도 가지가지다. 그냥 싫다고 하면 될 것을 '너는 나에게 과분해', '내가 너한테 너무 부족해', '나를 만나면 네가 손해야' 등 이런 말은 '너를 좋아하지 않는다'는 말로 들릴 뿐이다. 살면서 이런 얘기를 수차례 들었다. 그럴 때마다 혼자 생각한다.

'그냥 싫다고 한마디로 말하지.'

그런데 나는 오늘 누군가에게 이렇게 말하고 집에 돌아왔다.

"네가 좋긴 한데 힘들어. 내가 너한테 맞지 않는 거 같아."

#겪은사람이더하네
#말이야막걸리야
#그냥싫다고말해
#겁쟁이 #용기가안나

환상을 깨지 말아요

늦잠 자고 일어나 브런치 카페에 가서 여유로운 주말을 함께 보낼 수 있는 동반자가 있었으면 좋겠다…는 생각을 가끔 한다. 친구와 브런치를 하는 것도 좋지만, 가끔은 집에서 입던 옷 그대로 입고 나가 간단히 브런치만 하고 들어오고 싶을 때가 있기 때문이다. 그럴 때 남편이 있으면 팔짱 끼고 나가 브런치를 함께 즐기고 올 수 있지 않을까?

나의 이런 독백에 친구가 고춧가루를 뿌린다.

"남자친구라면 모를까, 신혼이라면 모를까, 남편들은 브런치 대신 낮잠을 좋아해. 차라리 집에서 라면을 끓여 먹자고 하지. 브런치 함께 해줄 동네 친구를 사귀는 게 낫겠어."

♥ #남편보다남자친구
#동네친구구함 #밥만같이먹어줄사람
#환상속의그대 #그래도있을거야

... 휴, 하마터면 결혼할 뻔했잖아!

인생 직진이야!

술만 마시면 옛사랑 타령을 하는 K. 헤어진 연인을 잊지 못해 7년째 똑같은 레퍼토리로 추억팔이를 하며 술잔을 기울이는 그녀에게 오늘은 위로 대신 잔소리를 했다.

"그 사람을 다시 만나던가, 그럴 수 없다면 이제 그만 잊어. 앞을 보라구. 인생 직진이라고!"

♥ #씩씩한싱글이되자
#자기연민은이제그만
#추억팔이거부 #인생뭐없다
#옛사랑타령도오늘까지만
#연애한번안해본사람있음나와보라고해

밸런타인데이

모든 사람이 원하는 대답을 해줄 수는 없다.
또 그럴 필요도 없다.

내 대답이 반사회적이지 않고, 반도덕적이지 않으며, 반인륜적이
지 않다면
내 의견과 답변에 대해 동의하지 않는다고 하더라도 그건 견해의
차이일 뿐 그 이상도 그 이하도 아니다.

내가 옳다고 생각하는 것을
그 누군가는 옳은 기준을 다른 것으로 생각할 수 있다.

내가 중요하다고 생각하는 것이
그 누군가에는 사소한 것일 수 있다.

내 가치의 기준이 '사랑'이라고 해서
상대방에게까지 그걸 요구할 수는 없다.

 . . . 휴, 하마터면 결혼할 뻔했잖아!

그래서 사랑은 서로 마음이 통하는 단 한 사람과 할 수 있는 것이다.

 #올해도통과 #더기다리자
#야근이나하자
#초콜릿은셀프

심쿵 선물

생각지도 못했는데 '훅' 하고 들어오는 한 사람, 자꾸만 신경이 쓰인다. 그에게서 올 카톡 소리만 "카톡왔슝"으로 설정해 놓고 이 소리가 스마트폰에서 울리길 기다리는 게 얼마만이더냐. 이러다가 또 언제 그랬냐는 듯 금방 싫어질 수도 있지만, 이성을 향해 설레는 감정이 다시 찾아온 것만도 반가운 일 아니겠냐구.
몇 살인지, 결혼은 했는지, 싱글인지는 모르지만 심쿵하게 해준 그에게 우선 고맙다는 말부터 하고 싶다.

#연애세포가죽은줄만알았거든
#탐색전시작 #작심삼일아니겠지
#모지리라도괜찮아
#심쿵사건 #설레도괜찮아

. . . 휴, 하마터면 결혼할 뻔했잖아!

심쿵 선물

틈새의 행복

걸려오는 전화도 제대로 못 받고,
"좀 있다가 바로 전화할게!" 또는
"죄송한데요, 바로 전화 드릴게요."

그래놓고, 잊어버리고 마는
나의 단기 기억력.

전화를 끊고 나면 메일이,
메일 답장을 하고 나면 전화가,
미팅을 기다리는 손님으로
점점 내 개인 시간이 사라지고 있다.

9시나 되어서야 급하게 저녁을 먹었더니 오늘도 소화불량.
그래도 바쁜 건 좋은 거지.
그래도 보람을 느낄 수 있다면 좋은 거지.

. . . 휴, 하마터면 결혼할 뻔했잖아!

중간중간 떠올릴 수 있는 사람이 있다는 건 그래도 얼마나 위안
이 되고 행복한 것인지.

#밥잘챙겨먹어 #보고싶다
#오늘도파이팅
#짧은카톡이나의비타민

셀프 충고

사랑은 비교되어 마땅하다.
사랑이라는 감정은 비교될 만한 어떤 것이 나타난다고 해도 우위를 내주지 않는 것이다.
누군가를 사랑한다는 것은
비교될 만한 어떤 사람이 나타난다고 하더라도
사랑하는 그 사람을 대신할 수 없어야 한다.
비교와 유혹에서도 흔들리지 않는 것, 그게 사랑이다.

과거의 사람과 비교하게 되고,
현재의 다른 사람과 비교가 되면서,
우선순위가 그가 되지 않는다면,
그건 사랑이었다고 말하지 말자.

사랑의 비교 기준은 오로지 내 마음에 근거하는 것이고, 내가 판단하는 것이다.
누구나 판단할 수 있는 객관적인 기준에서의 승자를 말하는 것이

. . . 휴, 하마터면 결혼할 뻔했잖아!

아니다.

그렇다면 장동건을 이겨낼 남자도, 김태희를 이겨낼 여자도 없을
것이다.

사랑은 끊임없이 비교할 만한 대상이 나타나도 끄떡없어야 한다.

#나떨고있니
#흔들흔들
#듣고싶은얘기가아니라하고싶은말

나랑 달라서 좋은 사람이 있고,
나랑 비슷해서 좋은 사람이 있다.
<u>오묘해.</u>

모든 게 다 중요해

지금 나에게 가장 중요한 한 가지를 꼽으라면? 한 가지만 꼽을
수가 없다. 일도 중요하고, 친구도 중요하고, 연애도 중요하다.
그 모든 것에서 상대방이 느낄 때는 그 한 가지만 중요한 것처럼
느끼게 해줘야 한다는 것. 그래서 늘 몸과 마음이 피곤하다.

#친구 #연애 #일
#착각
#돈이제일중요하잖아

희망 사항

내게 물드는 사람보다 나를 물들일 사람을 만나고 싶다.

 #물감을사야하나
#어린멘토구함
#꼰대멘토사절 #좋은영향력

. . . 휴, 하마터면 결혼할 뻔했잖아!

빡침주의

마음이 좀 예뻐졌으면 좋겠다. 요즘 내 마음은 너무 못생겼다.

#빡침주의 #히스테리
#추녀 #건들지마 #버럭

우리가 아닌 내 집

오랜만에 친구들끼리 모였는데 2차로 갈 곳이 마땅치가 않아 길에서 한참을 서성였다. 그래서 우리 집에 가서 커피나 맥주 한잔 더 하는 건 어떠냐고 제안했다.

"이 시간에 괜찮겠어?"

"안 괜찮을 건 또 뭐야. 어차피 나 혼자 사는 집에 내가 친구들을 데려가겠다는데…."

"우린 상상도 못할 일이니까. 애들도 있고, 남편도 들어와 있을 거고. 이 시간에 친구들을 집으로 초대하려면 미리 허락도 받아야 하고, 준비할 것도 많지. 엄두도 못 낼 일이야."

그런 생각을 해본 적이 없다. 집이 엉망이라 친구들에게 치부를 드러내고 싶지 않다면 모를까, 누구한테 허락받을 일은 없었으니까.

낮이든 밤이든 평일이든 주말이든 언제든지 내가 초대하고 싶으면 초대하면 되는 열린 우리 집, 아니 내 집. 내가 사는 공간에서 오롯이 내가 주인이 될 수 있는 것도 싱글인 나의 특권이라는 사실, 내가 또 잊고 있었다.

💬 #우리집에놀러와
#이런것도부러움의대상이될수있다니
#그래도너네집에는기다리는가족이있잖아
#입장차이

사람이라는 퍼즐

자주 웃게 만드는 사람이 있고,
자주 생각에 빠지게 하는 사람이 있고,
자주 되돌아보게 만드는 사람이 있다.

나랑 같은 곳을 보는 사람이 있고,
물과 기름처럼 잘 섞이지 않는 사람이 있고,
좋지만 잘 맞지 않는 사람이 있고,
좋지는 않지만 내 옷처럼 잘 맞는 사람이 있다.

나랑 달라서 좋은 사람이 있고,
나랑 비슷해서 좋은 사람이 있다.
사람이란 참 오묘한 동물이다.

 #사람퍼즐맞추기 #3살아기들보다못하는퍼즐게임
#알다가도모르는게사람마음

 . . . 휴, 하마터면 결혼할 뻔했잖아!

정말일까?

Time will cure it all.

시간이 약이라는 말, 마음이 아플 때마다 가장 많이 듣는 말이다. 나 또한 마음을 다친 사람들에게 가장 많이 해주는 말이기도 하다. 그런데 정말 시간은 약이 되는 것일까?

마음이 아플 때마다 의심하게 되는 지인들의 처방전, 오늘도 또 한 번 들은 말이다.

#Время все вылечит
#처방전 #마음이아플때
#쓴약은싫어

"대표님은 불쾌하실지 모르지만… 어쩌고저쩌고… 블라블라…."

▷ 듣는 사람이 불쾌할 거라고 생각하면서 그 애기를 왜 하시는 거
죠? 우리가 그런 애기를 나눌 관계가 아닌 것 같고, 그런 애기를
내가 들을 이유도 없는 거 같은데요.

"저는 그렇게 일하지 않아서…."

▷ 저도 그렇게 일하지 않아요. 각자의 일하는 스타일과 방식이 있
는 거죠. 다행히도 우리는 같이 일해야 하는 관계가 아니니까 본
인의 일하는 스타일에 대해 어필하고 싶은 분이 있다면 그분한테
직접 애기하시면 됩니다.

"남편은 뭐 하시는 분이에요?"

▷ 미혼이고요. 결혼했다고 해도 별로 애기하고 싶지 않을 것 같은

…휴, 하마터면 결혼할 뻔했잖아!

데요.

나 요즘 너무 까칠하게 대답하는 것 같다.
그냥 넘어가도 되는 말들에 내가 너무 예민하게 응대하는 것은
아닐까? 이쯤에서 한번은 점검하고 가자.

♥ #히스테리아님
#돌아이아님
#매너는밥말아먹었나
#남편직업이그렇게궁금하니
#때로는까칠하게

그리움 아닌 외로움

나비가 되어 너에게로 날아가고 싶다.
내가 찾는 너는 어디에 있을까….

 #꽃이아니어도괜찮아
#외로움 #절규
#나비대신치킨을보내주는친구_땡큐

 ▶ 굿바이, 치킨

… 휴, 하마터면 결혼할 뻔했잖아!

내게도 친절하게 대해줘

"카카오! 오늘 날씨 알려줘!"

"클로바! 나랑 영어로 대화할래?"

음음, 목소리를 가다듬고 최대한 친절하게 또박또박 말하는 동료가 낯설기만 하다. 인공지능 스피커에게 말하듯이 나한테도 친절하게 말해주면 좋을 텐데…. 내가 기계보다도 못한 건가?

인공지능 스피커에게 말하면서 머리카락까지 귀 뒤로 쓸어넘기는 그녀의 태도는 소개팅 자리에서나 나올 법한데 말이다.

#엉뚱한곳에친절한그녀
#영어대화는두마디를못넘김
#다음생에는인공지능으로태어나자
#내눈앞의4차산업혁명

오늘은 지갑 두고 나오세요

10년 어린 동생이지만 이제 절친이 된 옥PD. 주말에 특별한 스케줄이 없을 때 우리는 늘 여의도나 홍대에서 브런치를 함께 한다.

"오늘 〈그것이 알고 싶다〉 주제는 뭘까요?"

우리가 본방사수하는 프로그램에 대한 얘기로 카톡을 보내온 그녀는 곧이어 오늘은 지갑을 두고 나오라고 했다.

"늘 제가 얻어먹기만 하는데, 오늘은 제가 다 낼게요. 아예 지갑을 집에 두고 나오세요. 영화도 제가 미리 예매해놨어요."

잘 키운 후배 하나, 열 후배 안 부럽다. 이렇게 사랑스러운 후배가 왜 싱글인지 모르겠다. 내가 그녀에게 늘 하는 말이 있다.

"내가 남자였다면 너랑 사귀었을 거라니까!"

...휴, 하마터면 결혼할 뻔했잖아!

 #바람직한후배의좋은예
#오늘은제가쏠게요
#후배에게얻어먹은날
#운수좋은날 #로또맞았나
#남자들은눈이삐었다

전화하는 게 부담스럽지 않은 사람,
그런 사람이 진짜 친구일지도 모르겠다.

이심전심

"오늘의 모임 장소는 〈게 섯거라〉입니다."

"지난번에 갔던 도산공원 한정식집 말하는 거지?"

"몇 시까지 가면 돼?"

"7시!"

한 달에 한 번 있는 모임에 한 명도 빠짐없이 회원 6명 모두 참석했다. 다들 장소를 헷갈리지 않고 찾아온 게 신기하다는 누군가의 말에 그제야 깨달은 사실 한 가지.

식당 이름은 〈이리 오너라〉.

#이리오너라 #어감이비슷한가
#착각도마음대로 #도산공원한정식
#단골모임장소
#전설의고향이라고해도예술의전당으로알아듣는
#택시기사님다음으로재치만점친구들

남자보다 친구

"네가 내 남친인 거야? 왜 오늘은 눈뜨자마자 네가 보고 싶은 거야! 목소리가 너무 듣고 싶어서 출근길에 전화했어."

우리는 왜 이럴까. 어젯밤 늦게까지 반포에서 애플 떡볶이를 먹고 3시간이나 수다를 떨고 헤어졌는데, 아침부터 보고 싶어 전화를 했단다. 특별한 용건이 있는 것도 아니다. 그냥 목소리를 듣고 싶었다고.

목소리를 듣고 싶다… 목소리를 듣고 싶다… 목소리를.

카톡이 아닌 전화가 더 불편하고 부담스러운 요즘, 단짝 친구는 카톡으로 만족하지 못하고 우리끼리는 꼭 전화를 해야 대화를 나눈 것 같단다. 목소리를 자주 듣고 싶은 사람, 언제든 자주 통화를 하고 싶은 사람, 전화하는 게 부담스럽지 않은 사람, 그런 사람이 진짜 친구일지도 모르겠다.

🖤 #우리가싱글인이유 #너의목소리가들려
#이럴거면같이살까 #내목소리가좀예쁘긴하지

... 휴, 하마터면 결혼할 뻔했잖아!

상부상조란 이런 것

생일이 지나기 전에 미역국을 끓여 생일상을 차려주고 싶다던 후배 희연이가 밤 10시 넘어 도시락을 싸 들고 우리 집에 찾아왔다. 미역국도 끓여 보온병에 담고, 반찬도 만들어 와서는 나보고 앉아서 기다려 달라고 하더니 예쁘게 밥상을 차렸다. 감자 샐러드는 편의점에서 산 거라면서 하트 모양으로 가운데를 장식하고, 마음이 담긴 카드도 함께 올려놨다.

생일파티를 하고 돌아온 후라 배가 찢어질 것 같았지만, 이걸 만들어 들고 온 후배의 마음을 생각하면 먹지 않을 수 없었던 감동의 생일 밥상.

그렇다. 이건 자랑이다. ^^

#생일밥상 #선물
#감동 #품앗이
#나도네생일상을차려줄게

서로에게 파이팅!

친구 성선이와 나는 '서로 어떤 걸 주고받으면 좋을까?' 생각했
다. 우리는 매일 운전하며 노래를 한 곡씩 불러 보내주기로 했다.
노래를 잘하지도 못하는 데다 반주 없이 해야 하고, 가사도 아는
곡을 불러야 하니 선곡하는 게 생각보다 어려웠다.
오늘 아침에는 이상은의 〈사랑해 사랑해〉라는 노래를 불러봤다.
음성 파일로 보냈더니 노래를 듣고 성선이가 전화를 걸어 왔다.
전화를 받자 그녀는 이 노래를 부르기 시작했다. 서로 통화하면
서 노래를 부르며 운전하는 아침 출근길. 기억하는 노래가 많아
야 이것도 오래 갈 텐데…. 나중에는 동요를 부르게 되는 거 아닐
지 모르겠다.

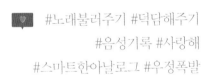 #노래불러주기 #덕담해주기
#음성기록 #사랑해
#스마트한아날로그 #우정폭발

. . . 휴, 하마터면 결혼할 뻔했잖아!

언니가 내 남친인 줄 알아!

"나, 지금 여주 아울렛에 엄마 생일 선물 사러 가는 중이야."
"누구랑? 남친이랑?"
"응. 내가 운전을 못하니 현경 언니 차 얻어타고 가는 중이야."

후배가 자기 친구랑 전화통화를 하는데, '남친 = 나'인 것처럼 대화한다. 내가 남친이라니? 이게 무슨 상황인지 물었더니 그녀 친구들 사이에서 내 별명이 '남친'이란다. 아니, 왜? 어째서? 내가 왜 남친이냐구!

"차로 데려다주죠. 밥 사주고, 커피 사주고, 영화 보여주죠. 그뿐인가요? 고민도 들어주고, 같이 여행도 가고. 남친보다 더 낫잖아요. 그래서 제 친구들 사이에서는 언니가 제 남친으로 통해요."

 #다른말로호구 #남친거절 #반사
#니도그런남친있었으면
#남보다나은친구 #나한테잘해라

희연이가 내게 '조맑음'이라는 애칭을 붙여줬다. 카톡 문자로 볼 때는 예쁘다 싶었는데, 혼잣말로 중얼거려보니 '조말금'이 된다. 조말금, 조말금. 역시 '조' 씨는 뭘 붙여도 이상하다. 조말금은 이제 자야겠다.

 ... 휴. 하마터면 결혼할 뻔했잖아!

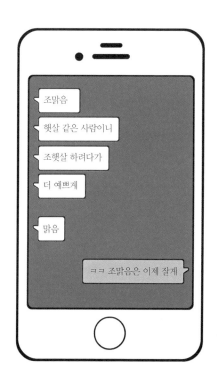

💬 #매일맑은기분이었으면
#애칭센스
#우울했던나를위로해주기위한카톡

남자사람친구

"남사친이 있는 건 어떤 느낌이에요?"

처음 받은 질문이다. '남사친'은 여자친구랑 어떻게 다르고, 어떤 느낌이냐고. 질문 자체가 너무 뜻밖이고 기발(?)해서 이 질문을 왜 하느냐고 선아 씨에게 되물었다.

"첫사랑과 결혼해서 남사친을 한 번도 가져본 적이 없어요. 남사친이 있으면 좋겠다는 생각을 가끔 하지만 어떻게 만나는 건지도 모르고, 없던 사람이 남사친을 만들면 불륜으로 볼 것 같아요."

내게 남사친은 굳이 남자라는 단어를 앞에 붙일 필요도 없이 그냥 친구다. 함께 사우나를 갈 수 없다는 것 외에는 여자친구랑 같은 느낌이다. 게이 친구가 있으면 좋겠다고 생각하지만 게이 친구를 만나기가 쉽지 않으니 남사친은 남자의 심리를 잘 대변해 줄 수 있는 친구, 가끔 내 운전대를 맡길 수 있고 무거운 걸 들어 줄 수 있는 힘센 친구라고나 해야 할까?

친구의 절반이 남사친인데, 그들 중에 누구에게도 이성적인 감정을 느껴본 적이 없다. '친구'라는 단어로 관계가 정의되면 정말 '친구'가 되고, 나의 행동 또한 여자친구를 대하는 것과 다름없게 된다.

남사친에게 여자친구가 생기면 여동생이나 누나처럼 여자친구의 선물을 골라주기도 하고, 여자들의 심리를 알려주는 일도 자처해 왔는데, 누군가는 나를 이해 못 하겠다 생각했을 수도 있겠다 싶다.

남사친에 대한 뜻밖의 질문을 받고 결혼한 친구들을 생각해 봤다. 동창들끼리 결혼 커플을 제외하고는 그녀들도 남사친이 없는 것 같다. 놀라운 발견이다.

#여사친도마찬가지아닐까
#남사친없는사람손들엇
#화석인가
#알고보면남자가더수다쟁이

몇 년 전 만우절에 카톡으로 친구들에게 "나 결혼한다"고 메시지를 보낸 적이 있다. 당연히 만우절 장난이라고 생각할 줄 알았는데, 모두 믿어버려 수습하느라 진땀 흘렸다. 만우절이 지난 몇 달 후에도 결혼식에 못 가서 미안하다는 메시지를 받기도 했다. 그 후로는 만우절에 결혼하네, 마네 하는 장난은 하지 말아야겠다 생각했다.

곧 다가올 만우절에 뭔가 재미있고 기분 좋은 거짓말로 사람들을 속여보고 싶은데 좋은 아이디어 없을까? 로또 당첨됐다? 회사가 상장할 것 같다? 100억짜리 신규 프로젝트를 따냈다? 스포츠카로 차를 바꿨다?

아니다, 모두 아니다. 주말까지 기분 좋아질 즐거운 거짓말, 뭐가 있을까?

... 휴, 하마터면 결혼할 뻔했잖아!

 #철들지않은나이
#만우절거짓말접수합니다
#깜짝선물제공
#내게거짓말을해봐 #만우절에고백할까

눈사람을 부탁해

서울에 첫눈이 내렸단다. 하필 이때 제주도 출장일 건 뭐람! 페이스북에는 온통 지인들이 올린 눈 사진뿐이다. 눈 구경을 못해 안타까워하다가 친구들이 모여있는 카카오톡 단톡방에 "눈사람 하나만 만들어서 녹지 않게 비닐에 씌워 냉동실에 보관해 주면 안될까?" 부탁했다. 그랬더니 올해 첫눈으로 만든 눈사람을 비닐에 씌워 냉동실에 잘 보관해났다며 사진과 함께 메시지가 왔다. 봄까지 녹지 않고 잘 버텨보자. 가끔 냉동실에서 꺼내서 안부 전할게. 무리한 부탁도 잘 들어준 친구 KDK, 땡큐!

#가장황당한부탁 #눈사람을부탁해
#끼리끼리친구 #초딩이냐
#아직도냉동실에잘있는눈사람
#여름까지버텨보자 #조동심

...휴, 하마터면 결혼할 뻔했잖아!

손에 잡히는 쇼핑

타닥타닥, 비가 내린다.
오랜만에 비도 오고,
삼겹살에 소주 한잔 하기로 대동단결!

에머럴드실이 어디유?

종합병원. 건강검진을 하러 왔다 갔다 하고 있는데, 안내 문구가
적힌 종이 몇 장을 들고 아주머니 한 분이 다가왔다.
"에머럴드를 찍고 오라는데, 에머럴드실이 어디유?"
"MRI실이요. 이쪽으로 오세요."
한 번에 알아들을 수 있었던 건 왜일까?

#말귀밝음 #척하면척
#센스폭발 #듣기평가1등
#MRI보다에메랄드
#보석사랑 #내머리속의보석
#에메랄드는5월탄생석
#개떡같이말해도찰떡같이듣는다

착해 보이는 얼굴이어서

은행 창구에서 번호표를 뽑고 앉아 기다리던 중. 60대쯤으로 보이는 아주머니가 내게 돈뭉치가 들어있는 가방을 주며 10분만 맡아줄 수 있냐고 했다. 은행 옆 편의점에서 뭘 하나 사오겠다며 잠깐만 맡아달라고. 주변을 둘러보니 은행 보안요원이 보여 저분에게 부탁하라고 했다.

뭘 믿고 나한테 돈 가방을 맡기려 한 걸까? 그 가방에는 현금 3억 원이 들어있었다. 보이스 피싱이나 신종 사기가 아닐까, 순간 의심이 들어 경계했는데 정말 10분 만에 편의점에서 초콜릿을 사들고 오셨다. 갑자기 당이 떨어져 마음이 급하셨다고.

♥ #착해보여서믿었다고
#착해보이는얼굴 #관상
#돈잘맡아줄상 #초콜렛반쪽얻어먹음
#돈을갖고튀어라

. . . 휴, 하마터면 결혼할 뻔했잖아!

무엇이든 물어보지 마세요

하루에 절반 이상은 누군가의 질문에 답변을 해주는 게 내 일인가 싶을 때가 있다.

"○○회사 뭐 하는 곳인가요?"

"그 회사 대표는 어떤 사람이에요? 거긴 비즈니스 모델이 뭐예요?"

"A라고 하는 서비스 아세요?"

"이건 무슨 단어의 약자에요?"

"이 제품 잘 팔릴까요?"

"카메라 사려고 하는데 뭘 사는 게 좋을까요?"

"광화문에 맛있는 식당 좀 추천해 주세요."

"여자친구한테 생일선물 하려고 하는데 뭘 해야 좋을까요?"

"방탄소년단의 인기 비결은 뭘까요?"

"오늘 제가 입맛이 없는데 저녁에 뭐 먹으면 좋을까요?"

"괜찮은 개발자 좀 소개해 주세요."

"건강검진은 어느 병원에서 하는 게 좋아요?"

질문은 끝이 없다.

모른다고 답변하기에는 성의 없어 보이거나 무지해 보여 가능하면 아는 선에서는 답변을 해주려고 노력한다. 그런데 거기서부터 문제가 발생하는 것 같다.

한번 질문해서 자신이 원하는 답을 얻어낸 사람들이 습관처럼 내게 물어온다.

한가할 때에는 그나마 괜찮은데 계약서를 검토하고 있거나 중요한 자료를 만들고 있을 때, 회의나 미팅 중일 때, 통화 중일 때 등 바쁜 순간에는 이런 생각이 든다.

'그 정도는 네이버에 물어봐.'

'제품을 살 때는 그냥 가격비교 사이트 들어가서 제일 싸게 파는 것으로 사면 되고.'

심지어는 나를 114 또는 내비게이션으로 생각하는 사람도 있다.

"거기 위치 좀 찾아봐서 전화로 설명 좀 해주라."

오늘도 같은 상황이 여러 번 반복됐다.

짜증도 났지만 뭔가 사고의 전환을 시켜야 할 필요가 있겠다는 생각이 들었다. 그래서 전화를 피하고, 메신저도 안 읽은 채 불성실하게 응대했다. 상대는 몇 번 전화를 걸어오더니 문자를 보냈다.

"전화가 안 되네. 바쁜가 봐. 내가 한번 찾아볼게~."

 #앵무새길들이기
#스스로알아서하는어른이됩시다
#시리에게물어봐 #클로바에게물어봐
#인공지능스피커가나보다더똑똑해
#핑프 #핑프족

"죄송한데 이 근처에 하나은행이 어디에 있어요?"

길을 걷는데 20대 여성이 내게 길을 묻는다.

60~70대도 아니고 이런 질문을 20대 여성이 한다는 게 너무 낯설었다. 스마트폰에서 하나은행을 검색하면 내 주변에서 가장 가까운 은행의 주소와 지도까지 바로 알 수 있건만.

스마트폰을 쓰고 있냐고 물으니 그렇단다. 네이버에서 하나은행을 검색하게 한 후, 내 위치를 누르면 근방에 있는 지점을 알려주고, 내비게이션 버튼을 누른 후 안내하는 길대로 따라가면 된다고 설명해줬다.

그녀의 대답이 더 놀랍다.

"어머!!! 이런 기능이 있었어요? 너무 감사합니다!"

그녀, 별에서 온 건가?

스마트폰을 쓴다고 모두 스마트하게 사용하는 것은 아니었다.

 #도에대해묻는줄알았잖아
#길물어보기좋은얼굴
#내가만만한얼굴인가봐
#외국여행가도현지인이내게길물어봄
#스마트폰은카메라기능만있는게아닙니다

부탁 사절

해외여행 갔다가 낑낑거리며 이고 지고 들고 온 트렁크와 백팩을 열어보면 선물이 80퍼센트.

"그 도시는 꿀이 유행이라는데 올 때 꿀 한 병만 사다 줄 수 있어?"

"엄마 선물사야 하는데 면세점에서 이것 좀 사줄 수 있니?"

"페이스북 보니까 지금 독일에 있는 거 같은데, 니베아 크림 좀 사 와라. 나중에 돈 줄게."

"제가 미리 돈을 드릴 테니까 아이폰 한 대만 사다 주실 수 있을까요?"

이제는 부탁 사절입니다.

...휴, 하마터면 결혼할 뻔했잖아!

#여행아니고구매대행
#부탁하더라도무게나가는건피해주셈
#거절못하는성격이문제
#누구를위한여행인가
#나를위한건치약과감기약뿐

덕담

엘리베이터에서 1층인 줄 알고 내리시던 할아버지.
"아저씨, 여기 2층이에요. 한 층 더 내려가셔야 하니까 다시 타세요."
"올해 80인데, 아저씨 아니고 할아버지라우. 아저씨라고 해주니
너무 고마워요. 아가씨도 좋은 하루 보내요."

오늘의 교훈: 가는 말이 고와야 오는 말이 곱다.

 #정말아가씨처럼보일까
#빈말인것압니다

...휴, 하마터면 결혼할 뻔했잖아!

한밤의 불청객 1

새벽 5시, 요란하게 초인종이 울린다. 인터폰을 커니 처음 보는 중년 부부가 공동현관문 앞에 서 계신다.

"누구세요?"

"우리 애들이 자고 있는지, 아무리 초인종을 눌러도 대답이 없네요. 일어났으면 문 좀 열어봐요."

잘못 누른 게 아니라, 아무나 일어나라고 누른 초인종이었다. 그 아무나가 왜 하필 3시간 만에 가까스로 잠든 나였을까?

#잠귀가밝은내탓
#초인종을자제해주세요
#불면증환자가자고있어요 #매너상실
#공중도덕을지킵시다

하트 사랑

모르는 사람이 자꾸만 하트를 보낸다.

기다렸던 하트였기에 반가운 마음에 나도 하트를 보낸다.

🖤 #게임중독자의하트사랑

#하트는모르는사람과주고받아야제맛

#진정한사랑 #언제든환영

. . . 휴, 하마터면 결혼할 뻔했잖아!

어딜 봐서 어머님?

"어머님, 여기에서 차선 변경하시면 안 됩니다. 면허증 주세요."
"어머! 누가 어머님이에요? 뭘 보고 어머님이라고 하시는 거죠?"

💬 #과태료면제 #우선세게나간다
#누가봐도어머님나이
#경찰수난시대

"이런 쌍십자 도라이바 같은 계집애. 굵은 대못으로 촘촘하게 임
플란트를 확 박아줄까 보다. 그냥!"
"머리카락을 다 뽑아서 잔치국수를 말아먹어야 해."
"이런 지방시!"

#나도욕할수있다고 #연습해야나오더라
#반복연습 #이런개나리
#밤길조심해라

. . . 휴, 하마터면 결혼할 뻔했잖아!

개
나
리
신발장

오늘은 마스크 벗어도 되는 날

타닥타닥, 비가 내린다. 장마가 시작된 것일까?

하루 종일 제안서 작업에 몰두하던 후배들이 빗소리가 들리자 기지개를 켜며 하나둘씩 자리에서 일어나 비 구경을 한다. 비가 오니 오늘은 미세먼지 걱정은 안 해도 되겠다.

오랜만에 비도 오고, 저녁에는 삼겹살에 소주 한잔 하기로 대동단결!

... 휴, 하마터면 결혼할 뻔했잖아!

#퇴근전까지제안서끝내자
#빗소리에삼겹살이연상 #다이어트는어쩌고
#파전대신삼겹살

게임 단상

하트 5개만 다 쓰고 자야지.

프렌즈팝콘 레벨 1272. 2년 넘게 쌓아온 레벨이다. 어제는 운 좋게도 추가 이동 찬스나 도구를 쓰지 않았음에도 하트 다섯 개로 4단계나 올라갔다.

보석으로 하트를 충전해 다섯 번을 더 할까 하다가 오늘은 게임 실적이 좋았다고 만족하며 잠들기로 했다.

게임 속 환경은 내가 포기하지 않은 한 끊임없이 도전할 기회를 준다.

게임 룰을 잘 모르고 게임 실력이 떨어져도 시간이 오래 걸릴 뿐. 노력하는 만큼, 시도하는 만큼 다음 단계로 넘어가게 되어 있다.

내가 살고 있는 현실 세계보다 스마트폰 게임 세계가 공정한지도 모르겠다. 적어도 나를 헐뜯고 비방하는 사람은 없으니까. 오히려 하트를 보내주며 더 시도해 보라고 응원해 주니까.

... 휴, 하마터면 결혼할 뻔했잖아!

#하트보내드립니다
#게임중독 #중독에는이유가있다
#하트중독 #게임의끝은어디일까
#공정사회를꿈꾸는1인

김밥 셔틀

출근길. 김밥천국 앞에서 비상등을 켜고 식당 안을 보며 계속 경적을 누르는 차주가 있어 반복해 돌아보게 됐다. 운전석엔 중년 여성이 앉아 있다. 김밥천국에 있는 누군가를 부르는 걸까? 앞을 지나가다가 "누구 불러드릴까요?"라고 물었다. 경적 좀 그만 누르라고 하고 싶었지만 꾹 참으면서.

"아, 잘됐네요. 그럼 김밥 두 줄만 사다주세요."

그녀는 내게 만 원 한 장을 내민다. 밖에서 자동차 경적을 눌러 누군가 나오면 김밥을 주문하려던 것이었다. 경적 열 번 누를 시간이면 김밥을 사고도 남았을 텐데….

🖤 #미친거아냐 #심부름봉변
#심부름값으로나도김밥한줄먹을게요
#상습범 #몸도불편한사람이아니었는데 #이러지맙시다
#지각하면책임질건가요

…휴, 하마터면 결혼할 뻔했잖아!

한밤의 불청객 2

새벽 2시 넘어 '윙~~~'하는 소리에 잠에서 깼다.

침대에 누운 채로 어둠 속에서 귀만 쫑긋 세우고 소리에만 집중했다.

모기라고 하기에는 소리가 너무 컸다.

이번에는 나를 향해 날아오는 소리가 들렸다.

급하게 이불을 뒤집어썼다.

잠시 후 어딘가에서 소리가 멈췄다.

이불 위에 있을까, 머리맡에 있을까, 벽에 붙어 있을까….

어쨌든 한밤중에 나타난 불청객을 해결하지 않고서는 잠을 잘 수 없을 것만 같았다.

조심조심 이불을 걷고 스탠드를 켜고, 형광등을 켰다.

왕벌 한 마리가 날아다니고 있었다.

"으아… 너 거기 딱 있어봐."

이것저것 찾는 사이에 이 녀석이 어딘가로 숨어버렸다.

사방을 둘러봤으나 보이지가 않는다.
나타날 때까지 기다리마, 이리저리 방안을 순찰했다.

녀석은 30분이 지나도 나타나지 않았다.
잠은 자야겠고, 해결은 해야 하기에 집에 있는 홈케어를 집어 들고 여기저기 뿌리기 시작했다.
콜록 콜록… 나도 이렇게 기침이 나는데, 너도 숨 좀 막히겠지.

나는 불을 끄고 이불을 뒤집어쓴 채 잠이 들었다.
왕벌 한 마리가 꿈에 나타나 내 머리를 빙빙 도는 악몽을 꿨다.

아침에 일어나 왕벌의 시체를 찾아봤지만 보이질 않는다.
오늘 밤 또 한 번 전쟁을 해야 하는 건 아닌지 모르겠다.
방충망이 없는 창문은 벌레가 들어올 수 있으니 열지 말라고 했던 충고를 귀담아들을걸.
22층까지 어떻게 날아올라 왔을까? 엘리베이터를 타고 왔을까?

…휴, 하마터면 결혼할 뻔했잖아!

♥ #내가꽂인건어찌알아서
#오라는사람은안오고
#119부르는사람도있었다는데
#바퀴벌레가아니어서다행이야

큰 용기 내서 처음으로 혼자 바에 와본 날. 어디서 나타난 듣보잡 취객이 모든 걸 망쳐버렸다. 모르는 사람이라고요, 혼자 온 거라고요, 왜 내 말은 믿지 않는 거냐고요. 여자는 혼자 바에 와서 술도 못 마시나요?

 #내손에맥주병있다
#병의맛 #처맞고갈래그냥갈래
#혼자서는카페나가야하나
#카페에서맥주를파는이유 #이거나먹어!

▶ 병맛

 ...휴, 하마터면 결혼할 뻔했잖아!

나의 인디언식 이름

푸른 달빛의 전사, 날카로운 하늘의 파수꾼, 웅크린 양의 일격, 조용한 매의 행진.

인디언식 이름 짓기 바람이 불었다. 동료들과 둘러앉아 서로에게 잘 맞는 인디언식 이름을 지어주기로 했다.

지각할까 봐 아침마다 뛰어오는 윤정이는 '눈썹이 날리도록 달려', 귓속말을 해도 다 들릴 정도로 목소리가 큰 준석은 '멀리서도 다 들려',

그리고 걸음걸이가 유난히도 빠른 내 이름은 '빛 사이로 막 가'.

💬 #내걸음에맞춰따라오던팀장이토한적도있다
#경보선수 #발이안보여
#뛰는건지걷는건지 #축지법 #조급증
#처음에는안그랬어
#늦지않기위해뛰다보니생긴습관

엄마가 요즘 아재 개그를 좋아하셔서 카톡으로 보내 드리려고 검색했다. 그중 재미있는 것 몇 가지를 추려봤다.

1. 신사가 자기를 소개할 때 하는 말, 네 글자로 하면?
2. 닭이 스키니 바지를 입고 하는 말은?
3. 세종대왕님이 다녔던 고등학교는?
4. 고기만두가 고기를 보고 하는 말은?
5. 화장실에서 볼일을 보고 나온 사람은 어느 나라 사람일까?
6. 펭귄이 다니는 대학교는?
7. 털이 길게 자란 남자를 네 글자로?
8. 새우가 등장하는 드라마는?
9. 곰은 사과를 어떻게 먹을까?
10. 영화감독들이 초조하게 모여있는 역은?
11. 세상에서 가장 비가 많이 오는 곳은?
12. 사오정이 다니는 고등학교는?
13. 노래할 때 제일 먼저 찾아가는 도시는?

. . . 휴, 하마터면 결혼할 뻔했잖아!

14. '12345678'을 네 글자로 줄이면?

15. 고추장보다 높은 것은?

16. 어부들이 가장 싫어하는 가수는?

17. 곰돌이 푸가 차에 치이면?

18. 엄마들이 아침마다 말하는 나라는?

19. '소 네 마리'를 두 글자로 하면?

20. 반성문을 영어로 하면?

21. 왕과 처음 만날 때 하는 인사는?

22. 소녀시대가 옷 가게에 가서 하는 말은?

정답은 아래에.

1. 신사임당 / 2. 꼬끼오! / 3. 가겨거겨고교 / 4. 내 안에 너 있다 / 5. 일본사람 / 6. 빙하시대 / 7. 모자란 놈 / 8. 대하 드라마 / 9. 베어먹음 / 10. 개봉역 / 11. 비무장지대 / 12. 뭐라고? / 13. 전주 / 14. 영구 없다 / 15. 초고추장 / 16. 배철수 / 17. 카푸치노 / 18. 일어나라 / 19. 소포 / 20. 글로벌 / 21. 하이킹 / 22. 티파니

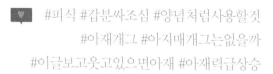

#퍼식 #갑분싸조심 #양념처럼사용할것
#아재개그 #아지매개그는없을까
#이글보고웃고있으면아재 #아재력급상승

결혼하지 말아야 할 이유를 100가지도 넘게
말하는 친구를 보며 안도감이 생겼다.
생각을 고쳐먹었다.
하마터면 결혼할 뻔했네!

링거가 필요해

알람 소리에 눈을 뜨자마자 스마트폰 앱으로 뉴스를 들으며 출근 준비를 한다. 차에 시동을 켜고 페이스북과 인스타그램을 한 번씩 눈팅하고, 스마트폰으로 오늘의 스케줄을 확인한다. 출근하기 전 빠뜨린 것은 없는지 다시 한번 확인하고 회사로 출발!

어제 못 본 뉴스를 팟캐스트로 들으며 운전을 시작한다. 잠시 신호등에 걸릴 때마다 포털에서 뉴스를 확인하며 가는 바쁜 출근길. 회사에 도착하면 스마트폰 배터리는 이미 절반밖에 남아있지 않다. 아침 회의를 마치고 곧장 외부 미팅이라도 있는 날이면 스마트폰에 '링거'를 달고 나가야 한다.

아침부터 방전된 스마트폰. 바쁜 내 일상 같다.

나도 스마트폰처럼 보조 배터리가 있었으면!

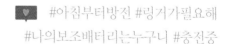

💬 #아침부터방전 #링거가필요해
#나의보조배터리는누구니 #충전중

휴~ 하마터면
결혼할 뻔했잖아!

"너무 외로워. 이제 결혼해야 할까 봐."
무심코 던진 말에 친구가 정색하면서 말린다.
"복에 겨워서 그래. 난 혼자 조용히 시간 보내본 게 언제인지 기억이 안 나. 매일 술에 취해 씻지도 않고 잠드는 남편, 나 없이는 아무것도 못 하는 아들, 양가 경조사는 왜 그리 많은지 조용히 주말을 보내본 적이 없어. 사랑도 결혼하기 전까지야. 이제는 사랑이라는 감정이 뭐였는지 기억이 나지도 않고 혼자 있는 시간이 너무나 그리워. 난 다시 돌아가면 다시는 결혼 안 하고, 너처럼 살고 싶어. 그러니까 절대 결혼하지마. 연애만 해."
며칠 전에는 병원에 갔다가 간호사가 자기 이름을 부르는데도 대답을 못했단다. 매일 '누구 엄마'로만 불리다가 누군가 자기 이름을 부르니까 다른 사람 부르는 줄 알았다고.
결혼하지 말아야 할 이유를 100가지도 넘게 말하는 친구를 보며 안도감이 생겼다.
생각을 고쳐먹었다. 하마터면 결혼할 뻔했네!

♥ #캔디인생
#외로워도슬퍼도나는안울어
#위로아닌위로
#가보지않은길에대한동경인가
#싱글예찬 #하긜뻔

누군가 나의
주차 습관을 보고 있다

"주차하는 걸 보면 그 사람을 알 수 있어요. 주차장 기둥이나 벽에 딱 붙여서 주차하는 사람은 타인을 배려하는 사람이라고 할 수 있죠. 저는 사람을 볼 때 주차하는 걸로 평가합니다. 면접 오는 사람도 CCTV를 통해 주차를 어떻게 하는지 보고, 벽에 딱 붙여서 하면 우선 합격입니다."

"저는 걸음걸이로 그 사람의 성격을 가늠해요. 터덜터덜 걷는지, 또각또각 걷는지, 뒷굽을 치면서 걷는지를 보면 대략 그 사람의 성격이 느껴지거든요."

연장자들의 사람 평가하는 방식은 의외로 말이 아닌 무의식적으로 나오는 행동이었다. 말보다는 행동이 중요하다는 게 이런 의미일까?

🖤 #주차하고다시보자
#주차습관으로합격여부가결정
#말아닌행동 #누군가지켜보고있다

. . . 휴, 하마터면 결혼할 뻔했잖아!

이별

중환자실에 있는 친구의 마지막 얼굴을 본 지 몇 시간 지나지 않아 그녀는 하늘나라로 떠났다.

넋을 잃고 무기력하게 앉아 있는 가족들과 친구들 몇 명만이 장례식장을 지키며 아침을 맞이했다. 문상객들이 찾아오기 시작한 아침 무렵, 난 집에 돌아와 기절하듯 깊은 잠에 빠졌다.

눈 떴다 다시 자고, 물 한 잔 마시고 다시 자고, 문자 확인하고 다시 자고⋯. 끝도 없이 잠이 쏟아졌다.

완전히 깨어 일어나니 캄캄한 밤이다. 온갖 생각이 밀려온다.

다시 또 자야겠다. 일단 아무 생각하지 말고 자자.

친구의 마지막 울음 섞인 유언이 잊혀지지 않는다.

잘 가라, 친구야.

#40대의죽음 #얼마나힘들었길래
#후회하지않을까
#고통은살아있다는증거일수도 #RIP

정신 차려, 열중쉬어~

나는 요즘 한 가지 생각에 집중해 있다.
그래서 나머지 것들을 잊어버리지 않기 위해 생각나는 대로 끊임
없이 기록하고 있다. 포스트잇도 모니터를 빙 둘러싸고 빈틈없이
붙어 있어 더 이상 붙일 공간이 없어졌다.

다이어리에 적고,
휴대폰에 저장하고,
구글 캘린더에 기록하고,
손바닥에, 손목에 보이는 대로 기록한다.

해야 할 일들과
사람들과의 약속과
해야 할 말들과
순간순간 떠오르는 생각에 대해.

오늘은 생각에 몰입해 있다가

 . . . 휴, 하마터면 결혼할 뻔했잖아!

엘리베이터를 타고 층수도 누르지 않은 채
몇 분을 멍하니 서 있었다.
엘리베이터가 1층에서 움직이지 않고 서 있다는 것도
다음 사람이 타고나서야 알았다.

마음 가는 곳에 생각이 집중되기 마련이라고 스스로 위로해봐도
요즘의 나는 도가 지나친 것 같다.
깃털처럼 머리를 가볍게, 생각을 가볍게, 경쾌하게
정리할 수 있는 방법은 없을까?

#메멘토 #문신이아니라메모입니다
#이정도면집착
#기록하는병이있을지도 #생각정리

#1. 편의점에서

점원: 영수증 드릴까요?
나: 안 주셔도 됩니다.
2초 후…
점원: 카드와 영수증 같이 드릴게요.

#2. 카페에서

점원: 주문하시겠어요?
나: 아이스 아메리카노 4잔 주세요.
점원: 따뜻한 걸로 드릴까요? 차가운 걸로 드릴까요?

...휴, 하마터면 결혼할 뻔했잖아!

#3. 택시에서

택시 기사: 카카오 택시 부르신 분 맞죠?
나: 네. 목적지로 부탁드려요.
택시 기사: 어디로 갈까요?

어릴 때 감기에 걸려서 엄마가 찬 걸 먹지 못하게 한 적이 있다.
그래서 난 엄마 몰래 동네 구멍가게에 가서 "따뜻한 아이스크림
을 달라"고 했다. 그러나 그건 5살 때의 일이다.

P. S. 상대방의 애기를 새겨들어 줬으면 좋겠어요. 영혼 없는 로봇
처럼 말하지 마시고요.

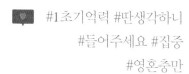 #1초기억력 #딴생각하니
#들어주세요 #집중
#영혼충만

육퇴가 뭐야?

밤마다 인스타그램 타임라인에 가장 많이 눈에 띄는 해시태그 '#육퇴'. 도대체 육퇴가 무슨 말일까? 궁금해서 태그를 클릭해 보니 '육아 퇴근'을 줄인 말이었다. '육퇴 후 맥주 한 잔', '육퇴 후 커피 한 잔', '육퇴 후 떡볶이' 등 수도 없이 등장하는 태그와 인증 사진들이 낯설기만 한 오늘의 인스타그램. 그 속에 올라가는 나의 해시태그는 '야간 골프', '미드 정주행', '맛집 탐방', '한강 라이딩'. 그래서 오늘도 내 인스타그램에는 '부러우면 지는 거다', '전생에 나라를 구했나벼', '세상 제일 부러운 인생'이라는 댓글이 달리기 시작한다.

할 일 없어서 혼자 시간을 보내는 내가 부럽다니. 원래 남의 떡이 커 보이는 법이다.

육회 아니야~

♡ #육아퇴근 #육군후퇴인줄
#전쟁은전쟁이네 #퇴근보다즐겁다
#고생끝에복이올거야

... 휴. 하마터면 결혼할 뻔했잖아!

100만 원

조대표님, 그건 안 돼요.

그런 그림은 그리지 않아요.

제 신념이… 네. …네…네? …100만 원?

더 필요하신 건 없으신지요?

다 괜찮아요, 정말. 다 괜찮고
오히려 이제 정말 시작이다 하는 생각에
가슴이 뛰기도 해요.

우유부단

신중하게 행동하기 위해 오래 생각하다 보면 그 시간만큼 쌓이는 지혜를 얻을 때가 있다. 그러나 오래 생각하다 흥미를 잃는 경우도 있다. 그렇다면 흥미를 잃게 된 것도 새롭게 얻은 지혜라고 할 수 있을까?

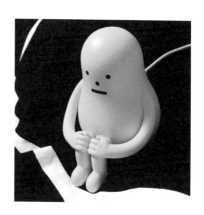

#희한하네 #3분만신중하면될까
#때로는덜신중하게 #중용
#고민만한달째

마음을 채울 수 있는 일

나이 쉰이 되자마자 새로운 공부를 하겠노라 훌쩍 유학을 떠난 최이사님. 기업의 CFO였던 그녀는 완전히 새로운 분야인 '패션'을 공부하겠다며 무작정 영국으로 갔다. 인생의 제3막이 시작되었다며, 그녀는 스무 살짜리 대학생들과 함께 기숙사 생활을 시작했다고 한다.

"학생이 되니까 생각이 어려지는 것 같아. 직원이었을 때는 직원처럼 생각하더니, 임원이 되니까 임원처럼 생각하게 되는 것과 같은 걸까?"

어린 학생들과 같이 공부하고 생활하니 그들처럼 생각하게 되고, 어려지고 젊어지는 기분이 들기도 하단다. 반면 연륜을 잃어버려 퇴보하는 느낌도 없지 않아서 이번에는 마음을 채울 수 있는 일을 찾아야겠다고 했다.

지식이 채워지는 것과 마음이 채워지는 것은 다른 것일까. '마음을 채울 수 있는 일'을 찾아 지금 그녀는 1년 휴학을 하고 아프리카로 봉사를 가기 위해 계획을 세우고 있다.

'마음을 채울 수 있는 일'이라는 말이 자꾸 심장에 꽂힌다. 지금 내 마음도 비워져 있는 건 아닌지 들여다봐야겠다.

#이승환이부릅니다 #텅빈마음
#마더테레사
#마음을담을그릇

'죽는다'와 '산다'는 것

'죽는다'와 '산다'는 같다. 이것을 증명해 보겠다.

반 죽는다 = 반 산다

½ 죽는다 = ½ 산다

좌변과 우변의 1/2을 각각 지우면 죽는다 = 산다

. . . 휴, 하마터면 결혼할 뻔했잖아!

다짐

새해에는
주저하지 않으리.

새해에는
가슴앓이하지 않으리.

새해에는
고민을 하루 이상 끌고 가지 않으리.

새해에는
더 많이 웃으며 살리.

새해에는
속이 비칠 만큼 솔직해지고 투명해지리.

새해에는
안 되는 일에는 미련을 남기지 않으리.

새해에는
좀 더 가벼워지리.

새해에는
더 많은 새로운 것들에 도전하리.

새해에는
더 많이 사랑하고
더 많이 표현하고
더 많이 사랑받으리.

... 휴, 하마터면 결혼할 뻔했잖아!

♥ #결심 #12년전일기
#지금도같은마음
#변하지않은내삶 #변화가필요해
#무료하다못해불안

다 괜찮아요,
정말 괜찮아요

"다 괜찮아요. 정말 괜찮아요. 왜 나는 20대에 하던 고민을 아직도 똑같이 하고 있나, 이렇게 살아도 괜찮은 건가, 그동안 내가 해둔 건 뭔가…. 이런 생각 많이 했거든요. 그런데 지금은 너무 감사해요.

40대 후반에 20대 후반처럼 고민하고 살고 있다는 게 너무 감사해요. 20대처럼 고민하고 있다는 건 젊게 산다는 거예요. 그렇다고 달라진 게 없지 않거든요. 20대 후반에는 삶이 너무 무겁고 무섭게 느껴졌다면, 지금은 20대 때 느꼈던 무게보다는 많이 가볍게 느껴지잖아요.

인생이 큰 바다라면 20대에는 수영을 할 줄 모르니까 바다에 나가는 게 겁이 났어요. 지금은 수영도 할 줄 알고 파도도 탈 줄 아니까 바다에 나가는 게 그때보다는 두렵지가 않잖아요. 20대에 하던 고민을 지금도 똑같이 하고 있어도 그 고민을 즐길 수 있고, 요리할 수 있고 컨트롤 할 수 있다는 차이가 있는 것 같아요. 파도를 타보니까 지금 멀리서 오는 파도가 큰 파도인지, 작은 파도인지 알겠더라고요."

…휴, 하마터면 결혼할 뻔했잖아!

도쿄에서 오신 송본부장님이 해주신 얘기다. 나보다 두 살 위인
그녀는 1년의 절반은 도쿄에서, 나머지 절반은 서울에서 살면서
두 나라를 왔다갔다 하며 일하는 사람이다. 싱글이며 미혼이라
나는 가끔 그녀를 보며 '참 많이 외롭겠구나' 하는 연민이 들곤
했다.

지난해 벚꽃이 만개하던 황금 같은 봄에 나는 도쿄에 있는 그녀
의 집에서 며칠을 함께 보낼 일이 있었다.
팝콘처럼, 갓 지은 밥알처럼 탐스럽게 피어오르던 벚꽃을 보면서
우리는 삶에 대해 참 많은 얘기를 나눴다.

도쿄에서 1년 중 가장 예쁘게 벚꽃이 피는 기간이라 우리는 꽃을 많이 감상하자며 되도록 걸어 다녔다. 참 많이도 걸었다. 벚꽃 감상하느라, 이야기하느라 다리 아픈 줄도 몰랐다. 도쿄에서 함께 출퇴근하고 미팅에 동참하면서 그녀의 일상을 더 가까이에서 볼 수 있었다. 많이 힘들고 외롭겠구나 하는 생각에 그녀를 두고 도쿄를 떠나오는 게 마음이 무거웠다.

그 후….
그녀가 도쿄에서 서울로 오면 우리는 그동안 있었던 일들을 서로 나누곤 한다. 오늘은 내 얘기를 듣더니 그녀가 "다 괜찮아요"라며 지난해 도쿄에서 심하게 겪은 우울했던 감정과 고민에 대해 들려줬다. 바닥을 쳤던 감정이 다시 떠오르면서 어떻게 생각하게 되었으며 어떤 노력을 했는지에 대해서도.

"주말마다 스마트폰을 끄고 자연 속으로 들어갔어요. 일, 건강, 연애에 대한 고민은 왜 아직도 20대나 지금이나 그대로인가 하는 생각에 괴롭더라고요. 이제 아무것도 따지지 않고 배관공이라도 만나야겠다 생각했죠. 그렇게 마음을 먹으니까 사람이 보이더라고요. 한 번도 생각해 본 적 없는 사람과의 연애였는데 나쁘지 않았어요.
인생이라는 바다에서 수영도 좀 할 줄 알고, 파도도 탈 줄 알게 됐잖아요. 어떤 파도가 오고 있는지도 볼 수 있게 되었고. 머리로만 생각할 때에는 20대 때나 같은 고민을 하고 있다고 생각했는데, 고민하던 상황을 현실에서 마주하게 되면 그렇게 어렵지 않더라고요. 다 괜찮아요. 다 괜찮고 오히려 이제 정말 시작이다 하는 생각에 가슴이 뛰기도 해요."

...

어린 시절, 나는 동해 바다에서 물놀이를 하며 여름을 보냈다. 그래서 실제로 바다에서 파도 타는 것을 몸으로 익힐 수 있었다. 저 멀리서 오고 있는 파도가 나를 물 먹일 파도인지, 높이 끌어 올려주는 파도인지 어린 눈으로도 척 보면 알았다.

거품을 몰고 오는 파도라도 내게 오는 동안 다른 파도들과 합쳐져 거품은 사라지고 부드럽게 나를 띄워 올려주는 파도일 수도 있다는 것을. 나를 띄워 올려주겠구나 했던 파도도 눈앞에서는 거품으로 바뀌어 내게 물을 먹이고 눈물 콧물 쏙 빼게 할 수도 있다는 것을. 나도 안다. 어릴 때 이미 알았다. 그러나 인생에서의 파도타기는 왜 이리 즐기지 못하는 것인지 모르겠다.

요즘은 어떤 파도도 타고 싶지 않아 물에 들어갈까 말까 고민하고 있다. 인생이 바다라면 어떤 파도든 타야 하지 않을까. 나를 물 먹일 파도일지 아닐지 고민하지 말고, 나를 물 먹일 파도로 보이더라도 '물 좀 먹으면 어떤가… 타고 싶으면 타보는 거 아니겠나' 하는 마음이 왜 좀처럼 들지 않는 것인지. 내가 치명적으로 물 먹을 것 같다면 이번 파도는 넘기고 다음 파도를 타면 되는데 말이다. 또, 또, 또 생각에 잠긴다. 이번 파도는 타, 말아?

♥ #너라는파도
#나도누군가를물먹이는파도일수있다
#20대고민을하고있다는건20대처럼산다는것
#분에넘치는삶

올해 시작은 나쁘지 않았는데, 2분기인 4~6월은 정말 힘든 시간이었다. 서운함, 분노, 인내로 보냈던 시간들. 마음을 많이 다스려야 했던 힘든 시간이었다. 그래도 의지하고 기댈 수 있는 친구, 후배, 선배가 있어 늪에 빠지지 않을 수 있었던, 그래서 내게 소중한 사람들이 누구인지 다시 확인할 수 있었던 시간이었다.

7월에는 처음으로 15일의 긴 휴가를 내고 좋아하는 친구들과 베를린 여행을 할 수 있었던 해이기도 했다. 40도 무더위 기록을 연이어 갱신했던 날들. 에어컨도 없는 베를린에서 흘렸던 땀들. 지금은 나의 큰 힘이 되는 추억 자산이 되었다.

사랑하는 사람들을 어떻게 대해야 하는지, 나의 가장 좋은 친구를 통해 끊임없이 배웠던 시간들. 그럼에도 나는 또 혼자 오해하고, 혼자 결정하는 실수를 반복하곤 했다.

'마음은 아끼지 않겠다, 표현할 수 있을 만큼 쓰겠다'는 생각을 실천하려고 노력했지만, 그 마음을 부담스러워하는 사람도 있다는 것을 나는 또 주면서 깨닫기도 했다.

가끔 아프면서 건강의 소중함을 깨달았고, 오랜 친구를 잃으면서

화난 순간에도 하지 말아야 할 말이 있다는 것을 배웠고, 사랑하는 마음만으로는 상대방에게 확신을 줄 수 없다는 것도 알았다.

생각대로 말하고, 행동하고, 실천하는 것이 이 나이가 되어도 얼마나 힘든 일인 것인지. 굽혀지지 않는 자존심과 거절당할 것에 대한 두려움과 실패에 대한 공포 또한 여전히 털어내지 못한 채로 올해를 마무리하는 것이 못내 아쉽다.

새해에는 두려움과 공포를 털어버리고 늘 생각했던 신념대로 마음을 표현하고, 행동하고 실천하는 해가 되기를.

올해 소중한 인연으로 지내왔던 사람들과 내년에도 좋은 관계로 지낼 수 있기를.

1년 후 오늘, 한 해를 돌아봤을 때 슬프고 후회하는 일이 없기를.

더 많은 시간을 사랑하는 사람들과 함께 할 수 있기를.

부디 가족, 친지, 동료, 친구들이 건강하고 안전하기를.

나에게 맘껏 수고했다고 스스로 말해줄 수 있기를.

그런 새해가 되기를 진심으로 소망한다.

－12월 31일, 빈 사무실에서

... 휴, 하마터면 결혼할 뻔했잖아!

💟 #내달력은끝이아니라고오오~
#나이먹기싫어발버둥치는마지막날
#나이는새해가아니라생일지나야먹는겁니다

Special thanks to

대전에서 '조현경 개인 사찰단'을 자처하며 앤지 조 캐릭터를 탄생시키고, 나의 일상을 애니메이션과 카툰으로 위트있게 표현한 김재인 작가, 앤지 조를 손뜨개 인형으로 만들어 입을 쩍 벌어지게 만든 금손 이미숙 작가, 앤지 조의 기상천외한 일들을 함께 겪어준 친구들과 로그인디 멤버들, 그리고 강원도에 계시는 엄마와 가족들에게도 고맙다는 인사를 전합니다.

깔깔깔 웃으며 즐겁게 책을 완성할 수 있게 해준 시크릿하우스 전준석 대표님을 비롯한 출판팀 스태프들에게도 감사 인사를 전합니다. 다음 책은 《휴, 하마터면 이혼할 뻔했잖아!》로 할까요? 언제가 될지는 모르겠지만요.

 . . . 휴, 하마터면 결혼할 뻔했잖아!

휴, 샤마터면
결혼할 뻔했잖아!

초판 1쇄 인쇄 | 2019년 3월 15일
초판 1쇄 발행 | 2019년 3월 22일

지은이 | 조현경
그린이 | 김재인
펴낸이 | 전준석
펴낸곳 | 시크릿하우스
주소 | 서울특별시 마포구 독막로3길 51, 402호
대표전화 | 02-6339-0117
팩스 | 02-304-9122
이메일 | secret@jstone.biz
출판등록 | 2018년 10월 1일 제2019-000001호

ⓒ 조현경, 김재인 2019

ISBN 979-11-965089-0-6 03810